新竟陵诗派丛书（第三册）

華風清吟

主编　范恒山　傅东渔

作家出版社

图书在版编目（CIP）数据

华风清吟 / 范恒山，傅东渔主编 . -- 北京：作家出版社，2025. 2. --（新竟陵诗派丛书）-- ISBN 978-7-5212-3213-4

Ⅰ. I227

中国国家版本馆 CIP 数据核字第 2025KM1900 号

华风清吟——新竟陵诗派丛书（第三册）

主　　编： 范恒山　傅东渔
责任编辑： 佳　丽
封面设计： 周思陶
书名题字： 苗培红
通景画作： 杨云鹤
封底篆刻： 苏东河
出版发行： 作家出版社有限公司
社　　址： 北京农展馆南里10号　　**邮　　编：** 100125
电话传真： 86-10-65067186（发行中心）
86-10-65004079（总编室）
E-mail:zuojia@zuojia.net.cn
http://www.zuojiachubanshe.com
印　　刷： 三河市北燕印装有限公司
成品尺寸： 152 × 230
字　　数： 210千
印　　张： 23.25
版　　次： 2025年2月第1版
印　　次： 2025年2月第1次印刷
ISBN　978-7-5212-3213-4
定　　价： 69.00元

目 录

傅东渔卷（015—022）

李福祥卷（023—036）

徐国宝卷（037—044）

赵发洪卷（045—052）

周维卷（053—058）

甘海斌卷（059—068）

郑庆红卷（069—074）

空林子卷（075—086）

张洪珍卷（087—094）

王社荣卷（095—100）

汪桃义卷（101—112）

藏新义卷（113—122）

胡水堂卷（123—134）

彭太山卷（135—144）

刘继成卷（145—150）

魏开功卷(151—162)

许海卷(163—166)

熊垓智卷（167—180）

冯元起卷（181—190）

陆先高卷（191—202）

潘峙钢卷（203—210）

白守成卷（211—218）

阎天际卷（219—230）

游世学卷（231—234）

潘友祥卷（235—244）

现代篇

范秀山卷（247—258）

朱墨卷（259—280）

张才卷（281—286）

唱和篇

和范恒山《七律·河南水患》

以诗语为砥砺前行的伟大祖国加油助力

（代 序）

范恒山

时光如梭。不知不觉，京城新竟陵诗派开展学术活动已经快三年了。今天是诗派丛书第二册《盛世诗语》印行后的首发式，各路朋友汇聚于此，见证这部诗集的问世。对于诗派来说，这也许可算作一件大事，但我以为更具实质性意义的内容可能是，因新冠疫情影响长时间未能会面的朋友们借此机会握握手、叙叙旧，也谈谈“诗和远方”。今天现场的气氛热烈欢快，在我看来，即便没有洋溢出“相思相见知何日”的期盼，也是充满着“蓬门今始为君开”的热情的。

《盛世诗语》以诗词作品为主，兼容其他，包括评论、散文、辞赋等，还有书法、绘画、篆刻作品点缀其间，品类杂陈，内容丰富。体现了集体智慧，是团结合作的产物。这非常鲜明地反映了我们这个诗派包容性、开放性和学术性、建设性的特点。诗派嵌入了古竟陵诗派的符号，只是因为起初的发起人或创立者大多祖居于“竟陵”这个地方，而活跃于明末诗坛的“竟陵诗派”曾在中国文学史上产生过较大的影响。除了具有同样的对于诗词创作的满腔热情之外，京城新竟陵诗派并不崇尚“幽深孤峭”的创作风格，更不追求綦溪利跂的行事品质。这个诗派不是特定地域诗人的“私宅”，而是四面八方吟者的“公屋”；诗派不是任何性质的组织，只是一批兴趣相投者切磋交流的平台或沙龙，它最典型的功能是以诗会友、怡情悦性。从近三年的实践看，诗派的这些特点正在不断显露和日益增进。以创作为载体，汇集了一批颇具影响的诗人，也带动了一众文化大家的参与。而这个群体不仅奉献了丰富多彩的艺术作品，也带来了持续的欢声笑语和深情厚谊。

诗派自然要言诗，而诗是有性格的，也是有追求的。《尚书·尧典》讲“诗言志、歌永言”，表明诗是用来抒发意志的。据说在古代，诗所言的“志”总是关联着政治或教化的。若如此，今天它所言表的内容显然宽泛得多，几乎可以涉及一切领域，关联到所有情感。但即便如此，诗词创作也是有一定原则的。作为一个诗派，更应该具有独特的品位与风格。这里当然不是指创作者要运用完全相同的技法，诗的格调可以有豪放和婉约，词章可以有朴实和华丽，情感可以有粗犷和细腻，意蕴可以有隐秘和浅明，这些方面的千差万别不仅符合人类的天然禀赋，而且能够带给社会百花争妍的景态和错落参差的享受，因而是应当大力提倡与积极推动的。诗词创作最应坚守的统一而基本的门槛，应当是高尚的境界和严谨的学风。我以为，这也是新竟陵诗派应当致力塑造的品位与风格。

诗言志，诗也见人。从一首诗词中，直接见到的是学识与功力，而间接见到的则是品质和修养。没有高尚的境界，是难以写出启迪心灵、教化社会的诗句的。细究起来，古代许多诗人还是颇有些家国情怀的。以唐宋名家为例，李白期望“申管晏之谈，谋帝王之术，奋其智能，愿为辅弼，使寰区大定，海县清一”；杜甫立志“致君尧舜上，再使风俗淳”，主张诗要“上以补察时政，下以泄导人情”；范仲淹倡导“先天下之忧而忧，后天下之乐而乐”，要“不以物喜，不以己悲，居庙堂之高则忧其民，处江湖之远则忧其君”；苏轼强调“涤荡振刷，而卓然有所立”。于是，我们从他们的诗作中看到了达观、远见和豪迈，也看到了忧虑、感伤与炽烈。千年前的古人尚能如此，处于科技文化高度发达的二十一世纪的我们，就更应该锻造和树立崇高的境界，而这应当是爱国为民的精神，正直善良的品性，光明磊落的胸襟；应当是追求真理的虔诚，格物致知的执着和不断进取的追求；也应当是对历史的敬畏，对时代的感恩和对黎庶的尊爱。一句话，我们的诗词应当为祖国放歌，为人民呼喊。

贾岛和韩愈两位唐代大诗人用心“推敲”的故事告诉我们，好的诗词也是打磨出来的。写诗要秉持严谨的学风，精心写作，细致琢磨，不能浅尝辄止，不要粗制滥造。我们要学学杜甫的精神，“为人性僻耽佳句，语不惊人死不休”；学学贾岛的严谨，“两句三年得，一吟双泪流”；学学卢延让的执着，“吟安一个字，捻断数茎须”。有了“为求一字稳，耐得半宵寒”（清·顾文伟）的付出，必然会得到积水成渊、险峰览胜的效果。

我们要知道，崇高的境界和严谨的学风不是与生俱来的。我以为，其基源主要来自两个方面：一是浩繁厚重的历史积存。中华文化博大精深，是我们发展创造的坚实底蕴。学富五车，经纶满腹，必然得心应手，驾轻就熟，写诗也就能“自开奇响”（清·沈德潜）。毛主席所以能在诗坛上“千古独步”，除了拥有特殊的经历与位势外，很大程度上得益于他的博学。就读诗而言，从“三百篇”到《人境庐诗草》，所有重要和卓越的诗篇他都尽皆搜求饱览，他对诗的研究深度即便是一些很有造诣的诗词专家也望尘莫及。《中华诗词》杂志最近发表的有关文章，对此作了较为系统的阐述。“书到用时方恨少”，我们写诗时常感到理屈词穷，言不尽意，根源还在于才疏学浅，底蕴不足。二是人民群众复杂生动的社会实践。“问渠那得清如许？为有源头活水来”，人民群众是历史的创造者，其千姿百态的实践活动不仅给了我们丰富的素材，也给了我们真挚的情感、公正的立场和敏捷的思维。闭门造车总是让人揪耳挠腮，左右为难，身临其境则往往令人灵感油然而生，佳句喷薄而出。贴近百姓，深入市井，就能让我们思想高洁，头脑清醒，从而纸上兴澜，笔底生辉。

由于大家的参与，诗派的成果陆续展现，在《竟陵诗韵》之后又有了《盛世诗语》。但这仍然只是一个新的开始。在奔向现代化目标的新时代，我们具有良好的发展机遇和广阔的展示空间。在未来诗词创作的道路上，我们既要有“一人独钓一江秋”（清·王士祯）的逍遥与淡定，也要有“团团结就宝珠圆”（元·侯善渊）的理性与情怀。期待各位以光明的心境和深厚的笔力持续奉献佳作，为砥砺前行的伟大祖国加油助力。

古风篇

范恒山卷

作者简介

范恒山　湖北天门人。经济学博士，国家促进中部地区崛起办公室原副主任、国家发展改革委原副秘书长。著名经济学家，兼（曾）任多所著名高校教授、博士生导师，著作众多，学术事迹为多部典籍收录介绍。中华诗词学会部委机关诗词工作委员会顾问，国家发展改革委诗词协会副会长。

自度曲·元旦抒怀

（2017年1月1日）

冷蕊再绽、灵鸟新唱，世间又元春。溯过往，瑞霭罩、霾雾袭，坦道纡曲塑年轮。喜山重水复、艳阳淫雨，宠辱不惊守心遵。难舍夙愿、常怀慎戒，清袖拂岁月，荣辱入烟尘。

向来日，鬓虽秋、志常健，一腔热血贯终身。要冷观得意、笑对功利，气宇轩昂陟关津。何惜李广、当效马援，捋髯复征战，扬眉扫万钧！

古风·奥林匹克森林公园即景

（2017年3月26日）

湖上涟漪戏双鸭，林中丝柳语哗哗。
倏忽旋出春仙子，惊得人间满落花。

古风·清明（二首）

（2017年4月4日）

（一）

又是神州感恩时，芳菲丛里凄雨沥。
盈盈泪珠腹中语，天上人间两相知。

（二）

欲遣梨枝寄心息，胸有戚忧语却迟。

若使恩孝向桑梓，花飞花落总相宜。

古风·端午有感（二首）

（2017 年 5 月 30 日）

（一）

一跃谱下万年诗，世代回眸望志齐。
纵使烟云弥过往，屈卿夙愿自可期。

（二）

前途漫道雨尘密，襟有屏栏噫语稀。
自信新鸣超旧响，苍天有情运同时。

忆秦娥·冬咏

（2017 年 12 月 27 日）

赤炎去，穹低雾幛层山暮。层山暮，风袭旧里，雪压枯树。

疏香娇俏催新宇，困消脊现驱无趣。驱无趣，胸中涛涌，壮心飞舞。

七绝·疫间祈雪

（2020 年 2 月 14 日）

庚子初，大疫侵，民困顿，异往年，雪纷纷，今又临。倚瑞雪，祈安宁，乃咏吟。

几度飞扬天地倾，绵绵悱恻悯人情。
琼花欲作东君剑，斩尽妖丛百卉生。

眼儿媚·辛丑元日

（2021 年 2 月 12 日）

门彩窗花喜滋滋，烟火动情思。灯轮光闪，鼓箫声闹，欢宴同时。

清酤一碗祛惆怅，江海入佳期。金牛跃过，灾愆消遁，福瑞盈池。

人月圆·元夜祈望

（2021 年 2 月 26 日）

春风得意支冰镜，千里共银光。玉壶漫转，街廊影众，柳岸裙香。

蟾宫恩怨，宋城姻对，人月同肠。良宵何愿？家园恬逸，故国隆昌。

临江仙·圆明园

（2021 年 4 月 4 日）

叠景重园妆异色，西楼中榭雍融。趣奇韵妙伴葱茏。骄奢豪横，一炬顿成空。

残柱断梁铭痛辱，壮心直上穹隆。新朝崛起始称雄。凭高拂袖，笑逐四方风。

七律·红船颂

（2021 年 4 月 18 日）

南湖启步树旃旌，傲立风寒展纵横。
勇克千难除旧局，智排万险辟新程。
护栏高筑迎鲨袭，御壁深栽抗蛀生。
帆棹劲挥图再进，百年犹作始初行。

离亭宴·端午随想

（2021 年 6 月 14 日）

粽脉缘何悠漾？香草美人风尚。煌熠离骚悬日月，一跃冲开层嶂。铁血伟男儿，万世永存光亮。

当效屈平模样，风霜更催豪壮。弄阵勇承中流誓，退卧雄心依傍。勒石走燕然，须将渊襟高放。

七律·河南水患

（2021 年 8 月 3 日）

料是天河漏未收，罕伦恶水击中州。
丽庄靓郭成江渚，铁隘铜关变土丘。
家舍十千随浪卷，人民三百伴仙游。
玄冥若晓尘寰怨，应赴灵霄请自羞。

七律·秋风怨

（2021年8月29日）

潜默更颜少炽诚，温柔丝里裹凄清。
有情举鹤排云上，无理驱鸿背井行。
缱绻妆成新菊艳，覆翻搅得老枝倾。
回还凝就如春景，何故崇冬向雪迎？

七律·教师节自解

（2021年9月10日）

法圣躬耕做讲师，志倾蜡炬耀金池。
黉门抒袖追因果，学府开怀释谬疑。
蓝隐青扬雕凤栋，叶藏花肆塑芳枝。
问余功业殊何在，杏论双坛最自怡。

高阳台·元旦忆望

（2022年1月1日）

旧岁倏除，新元疾报，春丝揉戏冬潮。牛展灵姿，九州叠织妖娆。疫魔势弱拘高瓮，促循环、独领风骚。赤旗妍，世纪良辰，情漫昌朝。

虎奔天地宏猷展，看江川竞秀，气震云霄。共富途明，万千英俊弓腰。寄望三秩酬兴复，夙梦圆、列霸齐超。中华雄，山姆奇谈，只在渔樵。

鹧鸪天·除夕

（2022 年 1 月 31 日）

烛影摇红暖祖房，彩丝翻翠亮轩窗。桃符门画争添福，美酝佳肴竞送香。

心上愿，手中觞，绵绵情语诉衷肠。千程奔返思团聚，直叫欢声盈一堂。

七律·两会感吟

（2022 年 3 月 12 日）

论思进策有高台，嘉会情浓胜景开。
才忆牛耕殊不易，又言虎跃最难裁。
爬坡路上意须定，围堵关前足莫栽。
谁道早春寒未歇，紫光尽洒九州来。

七律·清明遥祭

（2022 年 4 月 5 日）

悲思奔涌托深沉，遥对沧溟忆故音。
兰桂叶舒承荫庇，椿萱枝挺逐寒侵。
幸依泥土柔身垒，始得山岩壮骨嵚。
把盏奉亲酬厚贶，未曾放语泪涔淫。

七律·处暑即景

（2022 年 8 月 23 日）

火流七月热风藏，天改容颜地换装。
树上鸣蝉生倦怠，池中睡草吐金黄。
青山染彩三山显，丹谷逢时五谷芳。
最喜海棠情谊重，花开四季作萧娘。

江城子·登高抒怀

（2022 年 10 月 16 日）

遐观万里地天葱。鸟栖棕，水缠峰。广厦鳞罗，花影泻朦胧。最是迁鸿情意暖，妆人阵，筑诗穹。

立身高俊眼眸通。气盈充，志坚雄。荣辱兴衰，一笑任西东。欲使汗青凝皓洁，崇文正，效陶翁。

五律·无题

（2022 年 12 月 29 日）

三年疫逞凶，函夏坠严冬。
商旅神疲悴，人情味倦慵。
航程开复闭，心愿启还封。
漫说楼兰破，关山越几重？

七律·元日望宇

（2023年1月22日）

拟把称扬寄逝年，胸存愀怆意难牵。
疫横三载增萧瑟，霸虐千城弄堠烟。
彳亍物流疲势垒，凸凹客路暗礁连。
何当共扫遮阳雾，骀荡春风漫颢天。

七律·贺《盛世诗语》出版

（2023年4月30日）

诗派园池墨复香，册开二卷作吟郎。
潇潇风雨随心落，缕缕悲欢沥胆扬。
句短尤怜山海冷，情长总盼草根彰。
休言满纸皆闲碎，一片彤云付九纲。

七律·酷暑日《盛世诗语》首发式感呈

（2023年6月26日）

少长咸合颂雅风，心潮更胜热流冲。
春秋源溯说三百，唐宋褒彰敬八翁。
词遣婉清歌士庶，句寻豪健寄忠雄。
今逢华夏争魁日，诗语铿锵漫昊穹。

七律·燕赵暴雨

（2023 年 7 月 31 日）

万龙翻卷势倾盆，罩岭遮山近远昏。
雷涌电驰偕伴发，心高意冷两依存。
桑田禾盛愁堆水，丹阙墙深喜降温。
天若有情须庙举，宜晴适雨各推尊。

七律·访伊犁锡伯古城忆西迁

（2023 年 8 月 19 日）

诏令西迁远驻师，三千贤勇走逶迤。
赤心壮阔盆洼浅，白足坚贞峰嶂移。
血浸边陲碑界稳，汗浇戈壁水流滋。
北疆不逊江南美，稻浪翻腾颂史诗。

七律·宴席

（2023 年 11 月 20 日）

盛席多非为肚酬，觥筹交错隐机谋。
鸿门一宴富书史，大贾双餐惹祸忧。
美馔劬心胸气短，甘醪绕脑语声浮。
祈君少进半杯酒，留取清淳驾远舟。

七律·瞻杜甫草堂

（2024 年 9 月 21 日）

自言天地一沙鸥，不患卑微为国忧。
意切黎元喧韵语，情牵社稷举良猷。
存身只借半厢屋，沥胆常倾三百州。
终见丹宸归野土，唯留草室耀千秋。

贺新郎·元旦寄怀

（2024 年 1 月 1 日）

天地开新势。览乾坤、风吹残瘴，雪驱灾戾。寒水深翻融冰结，冷蕊凌霜傲睨。再赢得星辉日丽。高路从来多坎坷，况世情纷杂尘烟蔽。龙起首，恢宏继。

巍巍梦愿催勤励。倚信念、事克万艰，胸藏百计。链索千寻横江海，难撼中流雄誓。岁月老、壮心未滞。欲遣凌云当斧钺，效伏槽老骥重磨砺。三不朽，一生系。

七律·冬夜即景

（2024 年 2 月 1 日）

星光无语亮文墀，雁雀逃形空树枝。
山岭草枯黄色显，江河水滞啸声离。
市曹摊少街增阔，驿站灯红酒壮诗。
闾巷独开梅几朵，争来冷月似春时。

七律·览《魏开功书范恒山诗词》

（2024 年 3 月 21 日）

楷行草隶作同俦，笔道骄豪韵律遒。
势趁兰亭龙翼翥，情倾紫砚米风留。
康魂魏骨真功显，墨厚笺精暖意稠。
莫笑儒生无一用，诗书联袂解千愁。

行香子·清明寄思

（2024 年 4 月 4 日）

轻抚遗墨，深品遐声。再忆起、严勇慈贞。躬身礼献，俯首觥呈，愿威长佑、泽长惠、脉长盈。

铭怀祖训，偕时同进，守公忠、捭阖纵横。汗浇血铸，笔织心耕，要义风雄、家风正、世风清。

七律·雄安新区

（2024 年 4 月 6 日）

帝阙纾疏担铁肩，身形体势扣坤乾。
两千壮阔期来岁，一百精奇寄近年。
景苑流金融古脉，营城织锦铸时篇。
长街赫赫新妆露，满目嘉欣笼赵燕。

傅东渔卷

作者简介

傅东渔　湖北天门人。北京龙潭诗社社长。著有诗集《信斋击壤歌》。

秋色横空·幽州台感赋

（2022 年 9 月 16 日）

天地苍黄。眺金台晚照，感念昭王。提携宝剑为君死，黄金敢掷兴昌。燕山伟，永定长。桂菊绽，陶陶畿甸香。赤县人皆舜禹，物阜民康。

高帜信平四方。但人情汹涌，反复难量。献呈一箭安天下，龙币畅达番邦。南门木，季布乡。守信诺，丝绸通远疆。料四字连城，怀卞璧伤。

浣溪沙·喜迎党的二十大召开

（2022 年 10 月 14 日）

百载红船劈浪高。险礁危飓显真豪。人民感念导师毛。

伟大复兴华夏梦，混同天下凤来翱。习风和畅剪春刀。

七律·癸卯新正

（2023 年 1 月 22 日）

神州虎变庆元年，领袖人民创舜天。
玉兔迎春分鹊药，金龙播雨补珠泉。
习风和畅江山剪，国运当头胥梦圆。
喜把新桃旧符换，信平天下聚英贤。

七律·贺《盛世诗语》出版

（2023 年 4 月 30 日）

竟陵新韵竞孤标，凤啸龙吟云外谣。
叩问天门襄盛世，击壤地户颂今朝。
恒山独秀名燕赵，灵羽齐翱庆舜尧。
步武钟谭汗青照，西江水涌月星遥。

水调歌头·贺《盛世诗语》出版

（2023 年 5 月 2 日）

才竟陵新韵，又盛世诗吟。苍龙东海腾起，伴老凤桐音。春暮舞雩酬唱，秋晚三清茶宴，恐抚伯牙琴。步武钟谭意，汗简鉴丹心。

东山日，西江月，道难寻。信平天下，中国有圣置真金。抟祖图南华岳，锦计无非黄白，通宝胜甘霖。四海归仁日，既济大同临。

七律·贺北京诗词学会第六届代表大会召开

（2023 年 5 月 4 日）

金声玉振九州春，锦绣京华铎韵醇。
喜得李公擎大帜，欣推褚子掌洪钧。
龙潭水浅堪垂钓，凤苑风高可奋鳞。
莫道沧桑诗更好，躬逢盛世总维新。

七绝·解推背图

（2023 年 6 月 2 日）

推背奇文四四图，怀仁圣教觅迷途。
分明上下双飞羽，画足天龙戏几珠？

七律·癸卯临端午贺寿诗

（2023 年 6 月 4 日）

五三端午双龙诞，一入承乾一入林。
性近终圆大同梦，延平曾作太阿吟。
山泉有道奔江海，市井无端起浪霖。
借取紫微黄白物，信平天下再操琴。

七律·端午龙歌

（2023 年 6 月 22 日）

龙人龙舟竞龙潭，龙亭龙树似龙蟠。
龙井龙团堪龙液，龙酒龙剑过龙关。
龙吟龙步显龙德，龙卧龙举倚龙泉。
龙王龙师腾龙界，龙争龙变仗龙元。

七律·燕赵大雨有感

（2023 年 8 月 12 日）

天生天杀此乾坤，雨洗幽燕永定浑。

民意天心非两隔，南离北坎本同根。
狼虫犷兽千涛卷，陂淀崇丘一海吞。
岳晏河清秋气至，太行试锷荐轩辕。

七律·贺李永金司令《蓝天为家》第二册出版

（2023 年 8 月 20 日）

天马行空揽月星，而今杖寿圃园青。
龙潭吟啸皆金句，凤鸟来仪永台庭。
心系蓝天圆夙梦，情怀黔首报明廷。
天兵天将齐回首，托塔天王诗震霆。

五律·秋分偶吟

（2023 年 9 月 23 日）

我生春分日，白昼与夜长。
我喜秋分节，阴与阳相当。
幸为盛世客，龙吟游四方。
信风生溟海，天地又苍黄。

玉京秋

（2023 年 10 月 1 日）

天末月。阴晴复圆缺，尽人间阅。萧瑟圆明，黍离御苑，骚人悲切。时运英雄接力，孤骑尘绝。岭云遏，万峰丹透，雁声清烈。

览物西山秋叶。蓟枢旋，八方拜阙。坐钓鱼台，排奇门遁，鸿钧匡伐。渤风图南，倚宝剑、昆岳裁为三截。击长铗。谁与龙潭荻雪。

七绝·祝贺李永金司令八十三华诞

（2023年12月8日）

翔龙华诞抖银鳞，雪落关山气象新。
幸有卢城飞将在，百灵来献五洲亲。

七绝·元旦吟

（2024年1月1日）

七三甲首肇尧元，运世嬗更煮酒论。
华夏而今称圣武，青龙腾跃度天门。

金缕曲·迎甲辰新年

（2024年1月14日）

东土开新局。计尧元、七三甲子，剥而将复。观鼎湖龙飞天绝，几度皇舆逐鹿。修罗道、孰为神族？人道紫微潜现世，百灵朝、星曜旋关轴。龙馆会，草堂卜。

仰天大笑称文曲。望故园、玉衡为邻，紫垣雅筑。辞别嫦娥封神榜，却效吕公俗趣。借残卷、苍天可触。锦计无非龙元币，更白黄、天下堪驱牧。地可载，天来覆。

七绝·甲辰龙年新正吟

（2024 年 2 月 10 日）

龙潭诗社贺龙年，喜望青龙跃海天。
龙酒龙书龙剑气，天门龙度宴群仙。

七绝·燕墩行吟

（2024 年 2 月 17 日）

永定楼南镇火墩，龙翔凤翥守天门。
乾隆两赋名千古，换作人民主紫垣。

七绝·临春龙节偶吟

（2024 年 3 月 8 日）

甲辰九域起春雷，运至时来天地推。
节在青龙抬首处，紫微圣主府门开。

七律·甲辰龙年冶春偶吟

（2024 年 3 月 31 日）

人和政治近清明，紫气东来古木荣。
茶宴三清酬旧雨，酒兴半醉赋新声。
天街丽象逢尧禅，地户平宁蔚俊英。
斗运星旋皆协力，尘间喜把大同迎。

行香子·清明

（2024 年 4 月 4 日）

平野铺金，云水迢迢。望家山万里萧寥。维天有汉，太昊辽遥。问天谁开，地谁辟，律谁调？

寻根报祖，人生来处，羡牛眠鹤举天骄。银河为案，四象为朝。但自天垣，代天口，法天霄。

七绝·登玉屏山赠伍先安教授

（2024 年 4 月 5 日）

南口玉屏春景奇，左龙右虎雨云池。
来龙万里钟灵气，时遇风雷必可期。

七绝·赠张继明大夫

（2024 年 5 月 29 日）

杏林圣手治糖灵，燮理高玄德艺馨。
幸遇岐黄重现世，易筋洗髓梦长青。

李福祥卷

作者简介

李福祥　河北邯郸人。中华诗词学会第五届副会长、北京诗词学会第五届会长。诗词、楹联、散曲作品散见于《中华诗词》《中华辞赋》《书法导报》《北京日报》等报刊，出版《咏物诗书》《李福祥书法作品集》等。

七律·纪念毛泽东诞辰一百三十周年（二首）

（2023年12月）

（一）

风雨如磐逾百年，鸡鸣红日出韶山。
挥师八载驱倭寇，举役三番创纪元。
诗撼陪都棋局乱，墨香华夏艺坛欢。
贤名早刻汗青上，敬佩永留黎庶间！

（二）

布阵排兵一把刷，诗书合璧众人夸。
登山豪放清平乐，答友婉约蝶恋花。
大草直追怀素笔，小行何逊子昂跋。
心中大美尽情述，马背人民艺术家！

七律·国庆阅兵

（2019年10月）

国庆长街大阅兵，凝眸统帅视军情。
战车骤作英雄吼，银燕翱翔虎豹鸣。
压轴弹装同忾火，领航旗展浩然风。
鲜花似锦歌如海，喜看神州起大鹏。

七律・赞女排载誉归来

（2016 年 8 月）

金秋喜讯御风传，又报女排折桂冠。
多挫独磨双臂硬，旧伤屡励赤心坚。
科学训练赢绝技，思想催发胜妙丹。
鼙鼓连接卅载响，百年瑞梦定成圆！

七律・贺北京诗词学会成立三十周年

（2018 年 4 月）

卅载辛勤造化功，诗随国运正兴隆。
千家散曲抒民愿，万首竹枝唱大风。
开放江河今愈阔，继承贤圣古犹崇。
骚人幸遇新时代，吟诵纵情学放翁。

七律・《诗词之友》百期致贺

（2020 年 5 月）

借问谁家格律俏？诗词之友喜哦吟。
披林撷秀推佳作，继古开今展匠心。
青史总留文句好，立言必是感情真。
笔逢盛世因时进，倾力骚坛再日新。

七律·步梁东老韵贺沈鹏老米寿

（2019年9月）

雪泥鸿爪展英华，大纛文坛影不斜。
情注三余诗达诂，墨吞八诀笔生花。
喜拥皋比传真道，乐作嫁衣烹夜茶。
身若东阳消瘦骨，心同红豆映丹霞。

七律·悼念欧阳鹤先生

（2019年8月）

格高堪比天边月，肠热犹如蛰后春。
解困躬身求故旧，推新促膝说宾亲。
精研律理开心智，大写诗情展逸襟。
一鹤排云飞九域，耄翁跨界且狂吟。

七律·忆启蒙老师

（2020年6月）

颠毛飞雪面黧皴，忆起面容湿泪巾。
父厉灯前纠败笔，师勤台下指迷津。
痴情纸砚堪吞墨，砥砺文章不染尘。
铁画银钩溯源处，成功不忘启蒙人。

七律·瞻仰满城靖王墓

（2019年8月）

沉睡千年君未醒，一声战备却亲临。
洞深教战平戎策，垒固昭兵守阙门。
金缕玉衣捐世界，奇珍异宝遗国民。
先宗不语荫华宇，后辈当铭祖上恩。

七律·遂昌见闻（三首）

（2018年9月）

（一）

金风玉露著新篁，旭日澄辉上粉墙。
蛙鼓荷塘莲子俏，鸟鸣樟树蘖枝长。
茶姑采嫩云霞里，浣女对歌鸥鹭旁。
农户开门晒新粟，今年稻米更清香。

（二）

老天不独宠苏杭，秀水青山集遂昌。
文化古城生态县，营商高地贡茶乡。
汤公惠政蜚声远，后辈新猷实绩扬。
村镇振兴逢盛世，黎民致富谱新章。

（三）

处子清高拒委身，不攀权势作陪邻。
秉公何惧徐闻远，惠政犹怜太末贫。
四梦奇思游万仞，一亭红艳秀千春。
难能知退归烟雨，吟啸歌台与后人。

七律·咏雪

（2020 年 12 月）

披览三更兴味长，古都瑞雪按期扬。
静听凝雨轻轻落，起看寒风簌簌狂。
微友刷屏多玉照，诗群传递尽华章。
犹怜二老千山远，可允煤球暖炕墙？

七律·吊屈原

（2019 年 6 月）

流放三番心欲碎，纵身一跃汨罗眠。
英雄自古谁惜死，华域何时不恨谗。
先把孤忠酬楚社，复将文胆授诗函。
倾情骚体七千字，留与儿孙代代传！

七律·赴淄博诗词研讨会途中

（2023 年 6 月）

幽燕东来欲入齐，银驹一跨快如驰。
坐前旅客聊乌战，窗外塍田翻画集。
唯敬唯恒思二圣，半眠半醒起一疑。
远离草场无临海，何故串香扑众鼻？

七律·闻苏轼谪居黄州时过江登山游览访友有感

（2023 年 9 月）

闲暇惦记有诗朋，拄杖轻装访故人。
破浪飞舟除晦气，登山挥汗敞胸襟。
白云揩去雪堂怨，苍鹭衔来宫阙音。
峭壁细观东逝水，何时披甲再从军。

七律·癸卯岁末感怀

（2023 年 1 月）

腊八西风依旧狂，重温癸卯泪千行。
年初染疫添时症，岁尾衔悲失老娘。
删减闲情诗剩几？消磨寒夜梦犹长。
梳云镜里尽飞雪，不舍指间一寸光。

七律·出席张同印先生向定州捐赠书法活动有记

（2023 年 12 月）

贺语飞扬瑞雪前，开元塔下识尊贤。
笔歌古邑兴文旅，诗颂中山壮艺坛。
礼器遗风彰妙彩，欧阳字势焕清颜。
共餐新熟东坡肉，小盏松醪胜若仙。

七律·阿根廷冰川

（2011 年 11 月）

雷诺冰川盖世雄，莽原阔野卧螭龙。
推挪日进卅厘米，崩裂时隔一刻钟。
惊骇沉雷跌邃谷，欣观彩练耀苍穹。
逼身寒气衣冠湿，但愿冰层漫漫融。

七律·挪威雕塑公园

（2008 年 6 月）

生命之歌雕塑群，光天之下叙人伦。
园中一柱擎天立，四角多尊素地陈。
落落大方生态画，彬彬有礼世俗人。
某国开口美金换，聪慧挪官佯不闻。

七律·亚马孙雨林

（2011 年 11 月）

美轮美奂话希珍，热带丛林亚马孙。
制氧堪称地球肺，折枝亦系世人心。
原生物种几千类，土著居民数百群。
大火如今频肆虐，瑶池王母亦惊魂。

七绝·书友写巨幅横标有感

（2022 年 5 月）

如帚玄毫夺众眸，大盆盛墨也风流。
亭前广场铺宣纸，豪气一挥贯斗牛。

五律·永定门接济站

（2019 年 12 月）

漂泊寒冬夜，相逢送炭时。
温馨接济站，慷慨设暄席。
腾热茶和饭，再添被与衣。
济贫伸爱手，赤县莫流离。

五律·醋作坊

（2013 年 7 月）

精粮加滏水，陈醋满街香。
唐将军匀舀，魏僧钵罐装。
夏无虫害至，冬有地缸藏。
古法名声在，作坊怎撂荒？

五古·珞巴歌

（2021 年 6 月）

序：参加“56 个民族唱响新时代——第三届（中国玉溪）中华诗人节”，分获咏珞巴族，遂以五古赋之。

朴实珞巴族，珞渝老土著。
华夏渔猎民，繁衍藏南部。
古隶清王朝，抗英作边戍。
民主改革后，迈向幸福路。
珞渝风光异，旖旎赛江南。
平原种水稻，山上产雪莲。
男子挎弓箭，熊皮帽遮颜。
女子佩项链，筒裙短袖衫。
人口虽然少，端居云深处。
朝迎雪域风，暮赏雅江瀑。
一边务农桑，一边猎与牧。
美食喜烧烤，用餐不用箸。
村开诊疗室，乡设卫生院。
小学开双语，电教有网线。
公路到村边，溜索当景看。
年节换盛装，街巷摆村宴。

七绝·奥园春情（四首）

（2022年3月）

（一）洋山湖

东君比我早安排，光顾奥园争畅怀。
融化湖冰鱼戏柳，春泥谢客燕飞来。

（二）奥园植树

袒胸小伙壮如牛，植树奥园珠汗流。

乌走乌飞二十载，故人探看已白头。

（三）泰山石

生于寒武祖先前，值守园门年复年。
无酒盈杯慰劳苦，留张小照忆君贤。

（四）仰山松

结缘戊子艳阳天，廿九弟兄同上山。
见证龙国开盛会，逢人热叙想当年。

注：仰山顶上栽植二十九棵松树，象征二十九届夏季奥运会在京举行。

七绝·参观王士祯故居（四首）

（2023年6月）

（一）

赫赫封刑部，谦谦上禁庭。
偶然一动笔，诗撼济南城。

（二）

辞赋多山水，兼关社稷鸣。
开篇即用典，无事砚田行。

（三）

奋笔推神韵，以其逃祸身。
缤纷千障里，弘历作知音。

（四）

少小怀聪慧，为官清慎勤。
倾心书翰墨，手镜照家门。

满江红·读赵雍

（2020 年 6 月）

屹立丛台，胡服秀、英姿卓越。演骑射、兴师操旅，山崩地裂。联袂三雄谋远虑，收降两族同盟铁。驭骏马、又踏破中山，刀安歇？

攻南郡，征北阙；边陲固，胡骑殁。叹统兵有术，治邦无策。驰骋三旬沙场路，拓疆千里英雄血。天寒夜、独困饿荒原，风呜咽！

沁园春·五大连池

（2022 年 8 月）

瑰丽奇观，凡界瑶林，世外桃源。有碧湖连缀，琼浆如玉；火山成列，松阵鸣弦。人处其间，心怡气爽，白日流连夜梦还。莺歌杳、任鱼虾漫步，鹤舞翩跹。

曾经地覆天翻，丹火涌，宇寰起绛烟，有暮云蔽日，惊雷滚滚；岩流掠野，热浪团团。尘卷石飞，江河再造，重塑一群叠翠山。涅槃后，更创新思路，赓续华篇。

行香子·书缘

（2022 年 3 月）

鬓影斑霜，灯烛昏黄，须借些、冬夜星光。挥毫泼墨，凤舞龙翔。任几分困，几分渴，几分凉。

衰年之后，诸多遗忘。独保留、癖好优长。情牵魏晋，书奉双王。伴宣一摞，笔一筒，砚一方。

鹧鸪天·巩义常香玉故居

（2023 年 4 月）

春风引我绕围栏，寒窑几孔话从前。天然喧闹撒欢地，正是躬身学戏坛。

榴花艳，绿苔鲜，毕生勤奋壮梨园。大师已入瑶池会，清籁永留百姓间。

【正宫·塞鸿秋】长城雄

（2020 年 5 月）

潜龙巡海防虾蟹，腾蛟出塞安山月，青峰携手封疆界，险关同筑城门钥。神州玉柄挥，华夏和平钺。仇敌来犯杀无赦！

【正宫·塞鸿秋】长城怨

（2020 年 5 月）

十年动乱时局变，遗存“四旧”遭清算，城墙拆个稀巴烂，城砖捡去修猪圈。长城重重伤，龙脉重重患，如今回首心犹颤！

【正宫·塞鸿秋】长城美

（2020 年 5 月）

春开一匹花绸缎，夏升一道霓虹线，秋结一串珍珠链，冬凝一柄银光剑。腾飞一巨龙，国史一长卷。民族记忆英雄范！

徐国宝卷

作者简介

徐国宝　安徽滁州人。文学博士，中共党员，全国人大教科文卫委员会文化室原副主任、巡视员。中国文化管理协会副主席、国家现代智库中心研究员。

七绝·读费孝通先生“会友楼”题诗有感

（2001年11月30日）

序：辛巳年冬，余荣膺香港中文大学新亚书院本年度“明裕学人”，访学期间寓居校园位于山顶之会友楼。从本人下榻客舍之书房留言簿上看到费孝通先生八年前亲笔题诗：“老来依然一书生，万水千山行重行。笔下难尽心中意，海边孤岛悄无声。”诗后小注曰：“一九九三年中秋，客寓会友楼，晨起瞭望窗外诸岛胜景，并以此留念。费孝通，时年八十有三。”字里行间意蕴深长，读时倍感亲切，遂吟成七绝一首以志感。返京后在八达岭的一次小型会议上将此诗面呈费老求教。不久应费老之邀出席次年在港召开的“二十一世纪中华文化世界论坛”，并作题为《中华文化与中国现代化伟大实践的互动》之学术演讲。现响应诸位诗友作品结集之倡，捡出二十多年前旧稿，改后缀以小序并附注释，以志缅怀忆念及世纪之交文化脉动之点滴。

多元一体论中华①，忉利天人争献茶②。
踏遍山河宣妙谛，夕阳红逾早春花。

注：①“中华民族多元一体格局”是杰出的社会学家费孝通先生提出的著名论点。②佛教传说忉利天位于须弥山顶，又称“三十三天”，中央为帝释天，周围有三十二天环绕。比喻“中华民族多元一体格局”是天人同赞的宏论。

七律·登庐山九奇峰

（2009年9月2日）

匡庐雄秀闻天下，独有此峰隐翠鬟。
古木森森含晓雾，清泉汩汩出前山。
危崖曲径藤萝簇，绝景奇观汗漫环。
顶上仅余棋局地，无言至味水云间。

七律·瞻仰尼山圣境

（2019年夏）

尼圣心灯映逝川，千秋道业可齐天。
层峦迤逦麒麟卧，碧水潺湲妙义宣。
礼乐化人如好雨，诗书传世类甘泉。
登高试问来时路，涵澹光中看绿烟。

七律·庆贺党的二十大

（2022年10月）

良谟荟萃赖中枢，百岁新生志未渝。
无尽卿云充宇内，几多关隘布征途。
人民至上江山永，守正创新邪祟逋。
函夏复兴风骀荡，同心踔厉展宏图。

踏莎行·壬寅秋携妻游南海子湿地公园

（2022 年 11 月 4 日）

渚远波平，花香鹊噪，忽闻窸窣芦凫闹。踏青卧石沐秋晖，林深草密寻幽妙。

环岛行舟，水天相眺，人生几许时光邈。疫中局蹐复夷犹，且临薮泽舒怀抱。

定风波·壬寅冬中医抗疫有感

（2022 年 12 月）

北国寒侵疫似霾，商家萧索鸟低回。借问顽疴何日断？皆盼，岐黄妙手引春来。

纵览史乘观否泰，惊骇，古来疠疾屡成灾。斗转星移能几度？堪住，东风遍暖赫曦台。

注：赫曦台，《一统志》载：“朱子尝改岳麓山顶为赫曦，亦以名台。”赫曦，指辉煌明亮的日光。

满庭芳·溪翁庄纪游

（2024 年 5 月 20 日）

序：甲辰初夏，携妻游京郊溪翁庄，风景殊美，空气清凉如水。夜宿闻雷梦觉，窗外大雨滂沱。及明天晴，是日小满。

绿树披荫，群山环翠，举目难觅溪翁。乱花迷眼，风动暗香浓。忽见骑行选手，如电掣，顷刻无踪。清凉意，沁人肤髓，不觉夕阳红。

朦胧。惊霹雳，天河水泻，洗净心胸。十方绝纤尘，又见晴空。悠然南山历历，琉璃镜，皆摄其中。三千界，何分内外，一体乐融融。

水龙吟·读《毛泽东年谱》

（2024 年 5 月 25 日）

寰中旷古罕俦，皇皇巨帙留真迹。千秋伟业，天成地就，水舟相系。夙夜唯公，五洲在掌，汗青丹碧。看年年月月，披肝沥胆，君知否？平生事。

武略文韬凭试。改乾坤，擘开新纪。奠基国体，规模闳厦，鲲鹏腾翼。接武前贤，续根魂脉，指津昆裔。更华章隽迈，韶音绵邈，通黎元志。

注:《荀子王制》:“传曰:‘君者，舟也；庶人者，水也。水则载舟，水则覆舟。’此之谓也。”唐代魏征、李世民多次以此告诫众人。

五言古风·参观“亢慕义斋”

（2024 年 5 月 28 日）

斋名亢慕义①，音义俱丰美。
华夏多义士，慕义寻真理。
北邻传佳音，真经随风至。
守常大力倡，同志起应之。
建斋于北大，深研马列旨。
诸国马氏典，遍搜集于兹。

首译宣言文，油印播其籽。
谆谆仲甫语：斋狱无分际[②]。
唤醒劳苦众，聚为排山力。
三山既摧倒，炎黄东方立。
工农皆慕义，中坚谁可倚？
救世先建党，南陈商北李。
点点星火布，终成燎原势。
百年波涛涌，滥觞出于此。
无数志士血，化作花万枝。
今日访此斋，如见当年事。
人去斋犹在，行客久凝思。
来时路若迷，毫厘失千里。
雾嶂虽重重，初心须牢记：
国强民族兴，为民谋福祉。
前程通远刹，勿忘亢慕义。

注：①“亢慕义”是英文“Communism”的音译，意为共产主义。“亢慕义斋”原为北京大学二院西斋的两间宿舍，1920年作为北京大学马克思学说研究会的活动场所，旧址位于北京东城区沙滩后街59号。②鉴于宣传马克思主义真理的大批爱国青年被捕入狱，陈独秀说：“我们青年要立志出了研究室就入监狱，出监狱就入研究室，这才是人生最高尚的生活。”“斋狱无分际”这句诗是对陈独秀原话的概括。

八声甘州·忆敦煌

（2024 年 6 月 2 日）

序：甲子年秋，余随业师蔡钟翔先生赴敦煌考察，前后历时七天。至今已四十年矣！特填此词，以表对恩师和旧游之地忆念之忱。

忆风尘掩覆赴沙州①，一路历苍茫。望无边戈壁，平湖幻现，乱石如羊。又见平心论教②，羌汉共扶襄。崖畔千尊佛，接引多方。

迎面飞天曼舞，奏提婆③仙乐，旖旎呈祥。览诸窟经变，心净即莲邦。犍陀罗④，伴曹吴笔⑤，此心同，代代吐芬芳。今尤喜，建文明国，宝地重光。

注：①沙州：敦煌的古称。②平心论教：指莫高窟对面三危山老君堂悬挂的“三教平心”匾额。③提婆：为梵语音译，天神之意。④犍陀罗：指犍陀罗艺术，产生于南亚次大陆古犍陀罗国，在长期流传过程中融入希腊、波斯、印度等多个地区的艺术元素。⑤曹吴笔：指以“曹衣出水”“吴带当风”为代表的中华本土艺术表现手法。

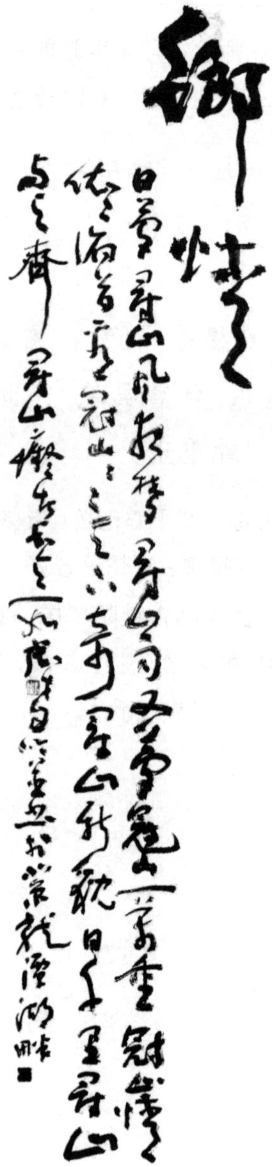

张才　书

赵发洪卷

作者简介

赵发洪　曾任空军第七飞行学院和空军航空大学飞行训练基地政委。中华诗词学会理事，中国楹联学会常务理事，北京诗词学会和楹联学会副会长。出版、主编、编辑多部作品。诗词楹联作品散见于国家、省、市有关报刊。

卜算子·喜添第二孙

（2023 年 1 月 2 日）

癸卯正新年，守喜来鸿报。坠地呱呱孩儿声，再奏牛娃号。

哥取名余仞袁，千仞无枝傲。爱女英雄珍重远，为母真劳扰。

七绝·为警花书春

（2023 年 1 月 10 日）

警星闪亮簇拥围，手捧红联喜气归。
福字吉祥先送母，赤心化作至诚碑。

排律·癸卯开元行吟

（2023 年 1 月 25 日）

壬寅随所运，卯兔伴吾奔。
齿岁六十六，添丁第二孙。
试将楹对撰，闲把律诗吟。
临字秋声赋，米书更上心。
相依白发喜，稻醴润喉唇。

七律·立春元宵节前后日有怀

（2023 年 2 月 4 日）

疾风疫雨劫三年，细草新花苦作烟。
虎隐玉山凌雪健，兔鸣金谷向阳旋。
悉欣春水滋芽甲，楚味元宵忆记怜。
闻道盛时多盛事，杯觞青酒哪堪眠？

卜算子·学雷锋

（2023 年 2 月 27 日）

普通一个兵，短暂人生命。铸就华章为人民，世代昌兴秉。

英名六十年，镶嵌心中镜。处处光标相对应，勉励风流竞。

七绝·观孙儿踢足球

（2023 年 3 月 18 日）

抢断停球腿虽软，一身汗水染春衫。
绿茵场上繁枝茂，总有枝头垂老枂。

七绝·学锋兄请酒记

（2023 年 3 月 19 日）

夜觅酒家穿两村，烤摊原在右山根。
久违兄弟围炉侃，散伙醺醺携一樽。

七绝·清明情景物事次韵唐杜牧《清明》

（2023 年 3 月 31 日）

飞花春雨两纷纷，荒野踏青人动魂。
雾掩深林莺细语，遥思铭志故乡村。

鹧鸪天·礼赞公交车司机

（2023 年 4 月 29 日）

任有阴霾垂雨烟，兴来云路欲飞仙。痴心难舍旅途客，活计高招尊老贤。

围城转，绕村环，晚归晨起女儿怜。春风随驾轻身舞，爽了黎民我亦眠。

临江仙·海岛青年士官

（2023 年 5 月 2 日）

韶龄孤岛只身赴，妻子泪眼含红。岛礁艰险为宁空。我操天眼转无钟。

烈日海风肤紫色，浪头陪伴如兄。疑情捉捕信心中。举头凝月未孤鸿。

七绝·月嫂

（2023 年 5 月 2 日）

细护幼苗真热诚，挑灯照理伴天明。
手轻心密不嫌累，花朵知恩有颂声。

东风第一枝·癸卯春天

（2023 年 5 月 13 日）

疫雨消融，燕飞梦醒，人间烟火喷发。那山绿树花红，还有长城明月。山川原野，人头攒，胜游如叠。这个春，犹劲东风，泪目喜盈欣悦。

未辜负、一路踔绝，未慢待、五洲宾列。展销博览连台，论坛交流狂热。值增有约，齐翻红、补圆修缺。毒龙拒，向海图强，英雄可多传说。

七律·鲁迅书店首发《盛世诗语》有感

（2023 年 6 月 24 日）

诸公诗兴老来青，万里高温也此行。
鲁迅书屋藏傲骨，竟陵京秩聚文英。
群聊新故有明见，呼应短长生共鸣。
赤子心肠工部笔，漫吟字字动真情。

一剪梅·老伴遇秋就过敏

（2023 年 8 月 23 日）

快乐人生六十秋，如花似玉，玉立韶羞。在岗工作几挪窝，尽职精心，从不虚浮。

岁月不居体弱遒，涕泪纷流，彻夜难休。阳光生活遇秋偷，福泽双孙，其乐弥愁。

五律·十三陵水库夏日漫步

（2023 年 8 月 28 日）

平步岸头行，繁英骈秀生。
山峦呈美瑞，泉细汇京城。
陵景钦文化，坝堤嵌盛名。
昌平续遗事，凭此遣幽情。

七律·广元纪行

（2023 年 9 月 7 日）

路历崎岖川北颠，车行纵览会群贤。
置身蜀道朝天峡，平步云廊剑阁边。
昭化动情叹旧树，曾家如醉赞新田。
搜穷国学两行字，最羡城乡遍及联。

卜算子·稻花香里说丰年

（2023 年 10 月 10 日）

秋雨拂轻风，金色莺倾吐。智慧机耕新农手，尽是丰收户。

穗穗鼓又沉，粒粒归仓府。软糯醇香滑弹爽，日子甘甜煮。

西江月·观留法勤工俭学纪念馆

（2023 年 10 月 21 日）

昔日漂洋红海，今时遥梦春阳。一千八百好儿郎，国运栋梁强壮。

中法友邦锦卷，东西大德文章。先驱致远独风尚，再把凯歌吟唱。

七律·保定莲池书院

（2023 年 11 月 22 日）

荷花踪影梦由遥，一亩泉河万木浇。
名士碑林寻旧赏，雪香园里续新谣。
南来岳麓楚材地，北至莲池儒术朝。
忆起艰辛人未怯，传承卓越滚春潮。

五律·怀念母亲

（2023 年 11 月 23 日）

绝怜老母言，富贵不悲酸。
无畏清贫状，肯随勤苦寒。
柴门红火旺，儿女夜灯阑。
些许时光好，鬓霜衰病残。

排律·怀念父亲

（2023 年 11 月 24 日）

别家年少苦，改姓上门寒。
儿女七八个，双亲两处牵。
荷锄星月下，行路日出前。
世事关心问，古稀劳力颜。
襟怀乐杯酒，嗜好老叶烟。
卑位不求贵，平生薄利田。

五律·谒狼牙山五壮士雕像

（2023 年 11 月 28 日）

犹见千峰顶，天穹日满霞。
心中久有梦，此处敬鲜花。
壮士五条汉，游人岁月夸。
丹崖洒青酒，不敢忘狼牙。

五律·又到满地铺红

（2023 年 12 月 25 日）

阳头冬至远，寒气正生怜。
信笔书春福，满堂铺对联。
丝丝分外雪，楚楚醉中仙。
兔跃龙归隐，寻梅效浩然。

周维卷

作者简介

周维　中华诗词学会会员，北京诗词学会会员，北京朝阳区诗词研究会创研员，华乐诗社副社长，退休机械工程师。酷爱诗、书、画、印等中国文化艺术，诗词创作半个世纪，笔耕不辍，诗风追求浪漫、抒情、沉稳、雅正，作品散见于《中华诗词》《北京诗词》等纸媒、网媒诗刊。

七律·谷雨

（2024 年 4 月 13 日）

东风化雨润田茵，春种春耕忙煞人。
柳眼惺忪开梦觉，荷尖灵动戏红尘。
鹃啼倚树呼声切，燕哺巢雏振羽频。
绿野繁花生气象，山清水秀一时新。

七律·白鹿公园采风得句

（2024 年 4 月 17 日）

芳菲四月日华清，诗友采风郊野行。
景美人怡情自合，蜂喧蝶舞各无争。
寻踪池畔听蛙唱，得趣台高觅鹿鸣。
碧草飞花炊一爨，撷来春色韵中烹。

七律·赓和言家楼老师《谷雨》

（2024 年 4 月 19 日）

碧野清塘紫气深，春畦稼垄沐甘霖。
桃花竞放香千里，谷雨时分值万金。
错落芦芽临水发，婆娑柳影绝尘侵。
蒸蒸日渐荣华盛，物候生机振雅音。

七律·阳春三月赏花红

（2024 年 4 月 20 日）

碧野蓝天蔼蔼风，阳春三月赏花红。
东君炫技丹青笔，节候调元造化功。
淑意承欢娇宛宛，幽芳袭魄醉融融。
声声布谷穿林唱，满目清辉入眼中。

七律·人民海军成立七十五周年有感

（2024 年 4 月 22 日）

共和初诞策深谋，七十五年风雨稠。
远水纵横迎激浪，巨龙雄毅砥中流。
扬帆每作元功练，破链全凭内力修。
护佑海疆担重责，和平使者大洋游。

七绝·九华诗社创刊一周年感吟

（2024 年 4 月 25 日）

逸韵声声出九华，骚坛四季绽奇葩。
群英琢玉风云会，点染神州一片霞。

鹧鸪天·过槐花村

（2024 年 4 月 28 日）

十里香风花沁人，如云若雾隐山村。蜂箱错落林中置，玉蕊玲珑树上殷。

悠漫漫，欲昏昏。冲天香阵气迷魂。年年乐尔宜清景，五月风光物色新。

清平乐·春愁

（2024 年 5 月 9 日）

春花将尽，惆怅添三寸。萦绕心头总是闷，过隙白驹倏瞬。

闲中弄韵耽时，偶凑一首小词。沁入杂陈五味，凝结一缕愁思。

七律·忆

（2024 年 5 月 16 日）

一沟盘曲水云间，三折步阶至半巅。
凿破岩根连巷洞，掀翻石壁面青天。
昔年戎马千夫勇，廿载军歌十里传。
百味萦回寻旧梦，偶闻绿谷几鸣鹃。

七律·咏槐

（2024 年 5 月 19 日）

袈裟缟素向弥陀，串串琼枝佛荫多。
皓月三村垂玉粒，青槐一夜著云罗。

元间抛蕊飞千瓣，雾里看花已半酡。
摇落暗香情寄远，更留逸梦逐清波。

七律·登雾灵山

（2024 年 5 月 29 日）

浓云散雾锁峰巅，凸石巉岩伴紫烟。
横涧隙中间翠色，转山弯处响飞泉。
却疑世外桃源梦，惊自开天物景鲜。
如醉如痴如幻境，怡然心化悟诗禅。

五律·儿童节感怀

（2024 年 5 月 31 日）

梅珠青涩涩，童忆梦寻寻。
花事开还落，年轮浅复深。
接班神圣誓，投老龀髫心。
六一逢佳节，倾情发感吟。

五律·端午

（2024 年 6 月 5 日）

芒种临端午，相期两节传。
怀贤哀屈子，追俗赛龙船。
慷慨《离骚》曲，徘徊汨水边。
风流千古颂，正气薄云天。

七律·大美朝阳

（2024 年 6 月 12 日）

古城璀璨一明珠，美若丹青入画图。
有梦凝章文化盛，多元汇聚玉华殊。
七河载韵洇浓绿，奥运和谐挂瑞符。
借得朝阳霞万丈，风流添彩灿京都。

七律·同窗聚会

（2024 年 6 月 14 日）

花甲春秋一梦中，如烟往事幻无穷。
余生有幸津门会，旧约多情白发翁。
客识音容人别久，神聊岁月意归同。
青丝落雪空嗟叹，谁解红尘镜里风。

渔家傲·五月

（2024 年 6 月 15 日）

半夏榴花红似火，晴空万里舒云朵。初绽新荷摇婀娜，清风过，游凫自在湖边卧。

更值浴兰香艾裹，菖蒲黄酒酬些个。水里龙舟冲浪舸，愁城破，怀沙魂绕江之左。

甘海斌卷

作者简介

甘海斌　湖北天门人。自号馨心斋主，别署茶圣故里人。总后勤部原副局长（正师职），大校军衔，研究生学历。中华诗词学会会员，中国楹联学会名誉理事、传统文化研究院顾问，北京书法家协会会员。出版《梦之痕》《诗海撷珠》等著作八部，公开发表诗文数百篇。曾获中华诗词“吟者英华”金奖。

行香子·惜春

（2024 年 4 月 3 日）

几朵春花，半阕新诗。欲斟酌、字字佳词。阳光媚处，春睡深时。对一山亭，一明月，一清池。

丝丝春雨，浓浓心事。问当年、件件谁知？东风乍起，春景来迟。念金河长，央塔远，敝人痴。

踏莎行·游玉渊潭

（2024 年 3 月 25 日）

雨霁风光，仲春天气，千花百卉争明媚。归来燕子觅巢泥，岸边野鸭成双睡。

杨柳依依，樱花铺地，幽香满苑驰迤逦。蓦然往事上心来，挠头且把乡愁理。

七律·春雨

（2024 年 3 月 25 日）

细雨蒙蒙风里飘，适时滋润百花娇。
当春生发胜油贵，知节纷飞媲漏韶[1]。
尚许轻慵增逸兴，平添绮梦醉良宵。
愿成涓滴入深土，渐汇江河涌大潮。

注：①韶：美好之意。

一七令·春分

（2024 年 3 月 20 日）

盼。

回暖，春分。

阳光媚，景怡人。

莺欢鹂悦，蝶舞蜂殷。

古楼鸣紫燕，高塔入青云。

湖面野鸢飞跃，岸边薄雾氤氲。

一片早樱海棠艳，四处桃花柳色新。

七律·春分

（2024 年 3 月 20 日）

金河[①]流水醉宵晨，紫气随风染陌新。

侧耳西环[②]鸣镝响，抬眸北面起沙尘。

红桃羞露一颦笑，白玉含苞满树身。

乍暖还寒春去半，引吭观景赋诗人。

注：①金河：指所临近的金沟河。②西环：指北京西四环路。

七律·春兴

（2024 年 3 月 18 日）

花遇春风次第开，燕寻旧主始归来。

一双喜鹊枝头唱，两只鸳鸯石上呆。

杨柳柔丝临碧水，竹溪彩蝶绕楼台。
游人陶醉乐园里，曼舞轻歌享快哉。

玉楼春·春日登西山

（2024 年 3 月 16 日）

蝶舞花丛青眼绕，一涧春波随性闹。盈盈禽语殿森森，缕缕游丝云渺渺。

抬首袅烟祥瑞罩，俯瞰平畴农事好。钟灵毓秀古来风，崇德尚文同乐道。

七律·携侣散步有吟

（2024 年 3 月 15 日）

暮色降临云渐散，湖波起伏气盈天。
月光如洗映楼榭，灯火阑珊凝雨烟。
白首情书堪入梦，红尘恋曲绕心田。
与君携手长相伴，共结人生不了缘。

七绝·咏龙

（2024 年 3 月 11 日）

腾云破雾翻江海，匿迹销声弹指间。
幻化无穷雷电闪，兴风播雨助人寰。

江城子·游黄鹤楼

（2024 年 2 月 20 日）

仰观高树玉楼风。雾烟笼，饰新容。耸立傲然，云水万千重。江岸地标盈紫气，期黄鹄，返楼中①。

归来羁旅太匆匆。九衢通②，意重重。感慨英雄，首举义旗红③。登顶眺望江水淼，何可阻，巨流东？

注：①崔颢“黄鹤一去不复还”之意的反用。②武汉，简称汉，交通四通八达，被誉为“九省通衢”。③武汉被誉为英雄之城，辛亥革命首义武昌。

清平乐·雨水咏雨

（2024 年 2 月 19 日）

雨水时节，阡陌承龙泽。玉蝶翻飞湖湘国，催唤辰年春色。

又着细雨如尘，苏醒大地无垠。润物何言最贵？甘霖随愿滋春。

蝶恋花·咏梅

（2024 年 1 月 18 日）

序：上午到定慧寺公园散步，观多株腊梅含苞欲放，勾起联想，似有灵感，遂填此词。

疏影横斜香暗吐。独绽琼花，无惧风霜雨。脉脉含情祈愿诉，报春唯有花容露。

人道品高馨沁腑。松竹为兄，三友平添趣。玉骨冰心常作赋。凌寒傲雪谁人妒？

七律·忆犁桥暮色

（2023 年 12 月 8 日）

青砖黛瓦马头墙，夕照西山万缕光。
楼立曲渠呈古色，兰生僻壤散幽香。
有缘雅聚犁桥镇，无意高吟锦绣章。
风景难言新旧论，奇殊易入内心藏。

七律·忆渡黄河

（2023 年 12 月 2 日）

北斗当空夜欲阑，兵戈辎重踏禾残。
峰回千转山腰路，沟曲盘陀冰气寒。
晓色拂云浮岭上，午阳带暖入林端。
前途要渡黄河去，浑水平分秦晋难。

七绝·无题

（2023 年 11 月 23 日）

赤霞夕照映红天，古阁楼台在眼前。
绝美风光无语赞，恨今不遇谪诗仙。

七律·重登岳阳楼

（2023 年 8 月 23 日）

再度开征湘楚游，金秋复上岳阳楼。
远观湖渺君山碧，近看台高人迹稠。
工部[1]诗篇名百代，范公[2]辞赋传千秋。
纳新吐故洞庭水，激浊扬清汇四流[3]。

注：①工部：指杜工部、杜甫。②范公：指范仲淹。③四流：指湖南省境内的湘、资、沅、澧四条河流。

七律·雨后寄情

（2023 年 8 月 3 日）

云絮飘飞雨自轻，虹霞七彩色分明。
藕花似火映红日，杨树成林护啭莺。
一缕银丝追旧梦，两竿折柳慰离情。
嗟叹空把夕阳挽，笺墨唯留诗韵声。

七律·咏荷

（2023 年 7 月 15 日）

暗香浮动许清嘉，红艳风姿映紫霞。
银滴饰妆千柄伞，惠风摇曳万枝花。
卉中君子钟三夏，水里仙葩独一家。
身入污泥不染浊，禅心通慧吐芳华。

一剪梅·圆明园观荷

（2023年7月2日）

一朵莲花一片情，争相弄晴，百媚娇生。随风摇曳舞娉婷，身影婆娑，莲露晶莹。

荷叶丛中翠鸟鸣，蕊招蜂蝶，蓬引红蜓。老夫陶醉且徐行，神往湖烟，魂系精灵。

七律·咏夏

（2023年6月1日）

连绵细雨伴风行，四野青禾搏浪迎。
倚架玫瑰欣蝶舞，含珠菡萏悦蛙鸣。
催生万木争繁茂，领引千帆竞渡横。
喜看白云浮远岫，且闻彩虹传柔情。

点绛唇·阡陌红尘

（2023年5月3日）

阡陌红尘，心驰神往桃源住。壑溪怡趣，观瀑且听雨。

感念多情，曾缠绵相处。今无语，何须叨絮，冷暖知几许？

卜算子·春桃

（2023 年 4 月 18 日）

扑面微寒风，润物无声雨。化育枝头含苞放，引蝶招蜂舞。

庭前每徘徊，浇灌堪辛苦。夏季丰收硕果甜，采撷知谁主？

水龙吟·清明

（2023 年 4 月 4 日）

清明时至花飞雨，过眼云收晴霁。梨花似雪，桃花粉嫩，海棠妍丽。失魄行人，踉跄缓步，呜咽声脆。踏荒野旧踪，徘徊不止，神无主、形无魅。

回首慈恩往事，未开言、却先垂泪。抚儿赡老，敬贤率下，何曾谈累。茹苦含辛，恭良勤俭，列宗前辈。愿天堂极乐，琼楼阆苑，来生缘会。

七律·忆参加对越自卫反击战

（2023 年 2 月 17 日）

每逢今日总无眠，常忆南疆燃战烟。
横扫越陲千百里，靖安云桂纪开年。
花凋春季魂酬国，血染旌旗气啸天。
四十余秋谁敢忘，几多将士骨埋边？

七律·回乡有感

（2022年4月6日）

百年旧宅任风摇，燕去巢空添寂寥。
梦与爹娘含笑叙，醉逢星月放光昭。
虽无伯舅同餐席，幸有妗姑家事聊。
每忆儿时蒙宠爱，乡愁如浪涌心潮。

郑庆红卷

作者简介

郑庆红　湖北石首人。中共党员，经济管理研究生，中华诗词学会会员，北京诗词学会会员，龙潭诗社副社长。在中华诗词学会诗刊、北京诗词学会诗刊发表诗词五十余首。《金秋的风》获北京市农委小康诗词竞赛一等奖（现代诗）；《七律·北国金秋》获北京诗词学会端午诗词竞赛三等奖。

砗磲赋（二首）

（2019 年 3 月 10 日）

（一）

上善若水，海润万物。
千年磨砺，唯美砗磲。
初雪银白，温润如玉。
金丝黄环，如圭似璧。
冰鄂含彩，红粉紫绿。
细若凝脂，雕琰表饰。
淡雅悠然，明媛竞逐。
御用宝石，胸佩朝冠。

（二）

上善若水，海润万物。
万年洗礼，神奇砗磲。
佛家七宝，排名首席。
持戴佛珠，增功德积。
镇宅赐福，庇佑子女。
本草纲目，经藏典记。
微波磁场，稳定心率。
长期抚戴，年延寿益。

七律·喜贺石首长江大桥通车（新韵）

（2019年10月1日）

万里长江九曲回，吾乡石首渡难归。
虹桥一道涛头立，车马千乘浪上飞。
载送金轮升紫气，招来玉魄洒清辉。
如林锦绣秋声赋，路向欢歌笑语追。

七律·海钓

（2020年2月6日）

扁舟远影锦云舒，几许蓑翁浪上居。
路亚波来千里水，毫钩钓起百斤鱼。
东凭碣石观沧海，南达基礁访圣庐。
举臂凌风欣聚会，挥竿触到紫燕纾。

七绝·贺中华诗词学会第五次代表大会

（2020年11月30日）

腾蛟起凤大方家，韵藻弹丝动九遐。
代有江山人辈出，诗葩俊彩馥京华。

竹枝词·海南拾趣（五首）

（2020年12月12日）

（一）白马河

曾经白马若龙蛟，岁月无情斩断腰。
只剩前波流入海，淤泥十里满青蒿。

（二）椰子树

擎天玉树戴青冠，无蔓无枝只影单。
叶羽凌风伸翅翼，果藏甘露挂梢端。

（三）桥头红薯

澄迈桥头土富硒，长出红薯嫩薄皮。
黄心入口香甜糯，长寿镌功更玮奇。

（四）七旬老汉火山石窟养蜂

古稀矍铄自称王，头戴蜂冠秀彩装。
矢志追花兴祖业，火山石窟蜜流香。

注：养蜂人称为“追花”一族。

（五）吃公期

友朋相约吃公期，满桌佳肴与果饴。
黎族村民皆好客，家家美酒沁心脾。

注：公期是海南的民俗节，这天村民家家户户都要在屋外摆十几桌酒筵招待亲朋，无论你与主人是否相识，只要来了都会受到热情招待，即称为吃公期。

七绝·雪后初晴

（2022 年 1 月 3 日）

寅虎新春洒六花，千条万缕戴银纱。
凌风鹊语寻梅处，旭日穿云镀绮霞。

七律·大雪

（2022 年 12 月 7 日）

燕京爽约六花霏，狂逞尖风凛冽威。
寥廓冰河漂薄暮，萧疏云岫起熹微。
光摇万象芳晴翦，寒削千枝香雪飞。
庶物冬眠新意孕，敲诗惊竹唤春归。

七绝·呼伦贝尔大草原之芍药居

（2024 年 6 月 26 日）

远芳晴翠接云天，丘野平畴白桦绵。
一岁枯荣春色在，犹如彩蝶舞翩跹。

七律·都江堰

（2024 年 6 月 29 日）

岷江汹涌半悬空，蜀郡降龙出二雄[①]。
灼火凿山开玉垒，飞沙分水引奔泷。

历经八载铭青史，惠泽千秋建伟功。

不息清流滋沃壤，嘉禾草木竞茏葱。

注：①二雄：指李冰父子。

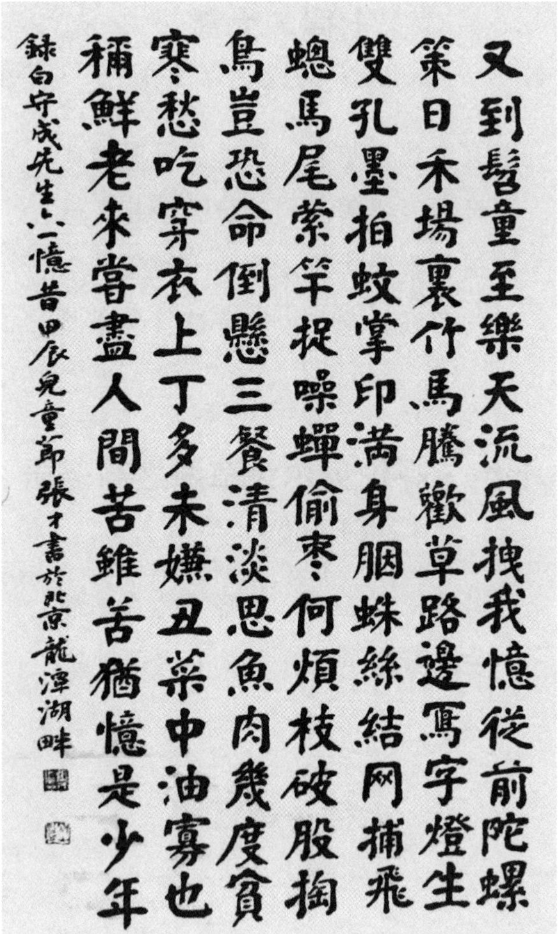

张才　书

空林子卷

作者简介

空林子　福建霞浦人。本名林燕兰，斋号黯香斋。新国风诗社常务理事兼秘书长，中国作家协会会员。出版诗词著作《尘缘集》《月出峰峦》《失衡的天象》《闲愁》《空林子自选集》《黯香斋心韵》《空山凝云》《庞中华书空林子诗词》等十几部。曾获得《诗刊》2012年度“中华诗词创作成就奖”等奖项。

番枪子

才见窗外飞蝴蝶，又见晚风中、飞黄叶。看尽街市烟尘，远方灯火忽然灭。侧首望天涯、飘零月。

此际万种相思，当日一瞥。却说故山云、终成雪。往来唯剩诗文，青春应在破损页。且待白头时、重翻阅。

七律·壬寅重阳

凭栏未必忆乡关，南北无心复往还。
望远眸中唯闹市，登高足下岂深山。
晴光且逝帘犹卷，寒气复来窗已关。
向壁亦知秋色减，明朝独听雨潺潺。

七律·登楼

城外城中出入难，登楼聊以作登山。
汗多乃觉心犹热，力乏休云背渐弯。
夜月在天终不见，时风与我更无关。
归家且倚小窗下，试问韶光何日还？

醉思仙

夜行难。且长堤寂寂，小径弯弯。恰街心桥下，灯火斑斓。翘首望，悠然去，负手任腰酸。旧时歌，复响起，几番勾起悲欢。

已惯炎凉改，而今只愿平安。纵花开彼岸，与我无关。残秋远，新春迫，更独坐、对天寒。北风中，偶一瞥、似乎又见青山。

七律·闲居

闲居更觉此身微，久困生涯怯突围。
偶赴长街终失望，才离小院已思归。
独行莫管风云变，相聚乃嫌人事非。
且说大城依旧好，不如窗下看余晖。

七律·岁末

微酸红酒入心田，独倚窗台侧看天。
醉有千言终不语，生如一梦却无眠。
风云变幻高楼外，光影参差闹市边。
目也迷离休望远，只应安坐到新年。

七律·癸卯除夕

梅岭风光柳岸烟，生涯无日不新鲜。
几番铃响通千里，何必钟声判两年。

客路悲欢春水外，家山消息暮云边。
举杯莫叹人将老，珍惜红尘未了缘。

两同心

止水将流，积冰将裂。空枝下、只影重来，长天外、流光一瞥。忆清秋，踏响林间，层层枯叶。

望尽寒云冷月。华灯未灭。听远处、笑语欢声，人既老、更无佳节。到春归，柳絮随风，亦如飞雪。

生查子

夺得日之辉，掩去星之亮。也在碧波间，也在青云上。
一梦且盈亏，千古空来往。忽而百花红，清净无人赏。

锦缠道

嫩草之间，独坐且哼南乐。忽听得、佳人相噱。痴心但比园中雀，也欲翱翔，也向枝头跃。

任风吹鬓丝，逝光飞掠。敛双眸、似无知觉。蛱蝶来、曼舞播春香。只寒梅落尽，不与东君约。

七律·静夜散步有感

今宵无事且无为，不管长堤更有谁。

回首山间云若鬓，凝眸天外月如眉。
小园花已匆匆落，大野风犹慢慢吹。
一路行来灯不灭，微光孤影总相随。

海棠春

春光历尽空回首，却只道、斜阳依旧。红是漫天霞，绿是沿堤柳。

小园花气浓如酒，且伫立、深深一嗅。不醉也销魂，醉了人知否。

蝶恋花

平野空茫山窈窕，微雨多情，无力滋荒草。一叹引来风一笑，梅花更比佳人老。

种种闲愁皆自扰，寄语东君，不必归来早。再见可能缘尽了，何如从此相思好。

五律·题嘉存兄《江雪图》

蓑笠今何在，云深雪满江。
风中心不二，崖上影无双。
岂有鱼堪钓，更无龙可降。
孤舟天地远，梦醒是寒窗。

入塞

立阳台，任今朝、有雾霾。看何人寂寞、水岸久徘徊。风满怀，恨满怀。

一时微寒冻两腮。睡也难、醒也不该。斜阳虽落野花开，春已来，夜已来。

祭天神

问古来谁见山河老。看长堤，碧柳婆娑春未了。徘徊却说韶光，更比当初好。只花间往复游人，皆年少。

负手立，扬眉笑。任天外、云起吞残照。何时去，何处歇，彼岸终难到。恰今宵、无霜无雪，无雨无风。面向华灯，坐听儿童闹。

五律·致加拿大华联会诸友

岂曰衣冠改，闲谈只汉唐。
移民犹拓土，去国每思乡。
世路多风雨，家山隔海洋。
文明能不废，华夏自无疆。

临江仙

避世何须海外，栖身总在天涯。闽东山野亦非家。不妨行万里，默默看余霞。

入室终嫌寂静，临窗忽忆喧哗。沿街风景淡如茶。此时来此地，无果更无花。

临江仙

一梦醒来花落尽，依然呓语呢喃。春光秋色总平凡。无霾天亦好，聊似故乡蓝。

莫问青山何处是，痴心已付云岚。临窗且以望东南。江湖千里外，终不见归帆。

看花回

世味无常苦亦甘，终付闲谈。小园闲话春秋事，却只如、呓语呢喃。生涯原是梦，醒又何堪?

日影当时照远帆，渐入深蓝。暮云飞去江湖远，剩今宵、止水一潭。月明风不息，来自东南。

七律・咏月季

看尽繁花看落英，刺多难以入蓬瀛。
红颜或染风霜色，翠叶曾沾雨露情。
春去无言甘寂寞，秋来一笑任凄清。
只缘陌路寻常见，不及寒梅有盛名。

小镇西

夜来天未老，红垂绿显。长堤下、水流清浅。回首东西莫辨。纵春无限，花已落，何时能再见。

偶抬眼，汽车灯一闪，飞驰若电。默然行、也应疲倦。去路交叉如剪。看霓虹变。高楼近，更觉家山远。

五律·题空山凝云酒

一饮仙人醉，何须跨鹤还。
凝云连梦境，逝水绕情关。
坛底融今古，壶中纳海寰。
举杯尘俗远，闹市亦空山。

柳含烟

天阴暗，路艰难，归去将归何处？秋风吹不到春山，只微寒。

万里相逢终一别，但说深情未绝。每逢佳节问平安，更无关。

五律·秋夜读书偶得

圣贤何处觅，灯下访高踪。
帘隔夜光暗，窗含秋意浓。

悲欢聊自语，今古未相逢。
天地难长久，谁曾羡柏松？

七律·江岸

青春失落在何年？彼岸秋光一抹烟。
堤柳泛黄仍带绿，江鸥掠水复冲天。
身随风动凉如铁，心逐云飞软似棉。
向晚也知归路远，登车依旧赴华筵。

霜天晓角

天色如何，对窗轻一呵。莫道心凉似月，人未必、比嫦娥。

婆娑。飞雪多。耳边谁啸歌？飒飒北风无力，吹不起、井中波。

定西番

寂寂小窗之外，云散漫、月朦胧。料想他年今夜，亦相同。

万事一声轻叹，忽然心上空。且看玫瑰凋谢，在瓶中。

菩萨蛮

浮生事事终闲事，繁华寂寞皆如此。梦里两三天，人间四五年。

春心犹未老，唯恐春风笑。一样野花红，看来偏不同。

玉团儿

浮云缓缓清风疾，夕阳下，谁曾独立。陌上闲花，开而又落，今且如昔。

林间小屋空寻觅，更莫访、青春足迹。似此风光，去之难舍，留也不必。

五律·偶得

梦醒春何在？楼高天不宽。
有霾遮世界，无月映栏杆。
俗事关心久，佳人见面难。
今宵如念我，报我以平安。

临江仙

——应李嘉存兄之邀题赠荀皓先生

梦里几经寒暖，醒来一笑沧桑。花开曾有少年郎。英姿涵剑气，妙曲带书香。

或曰台前风采，何如幕后文章。《心经》所在即西方。灵山听寂寞，闹市看风光。

七律·归路

茫茫归路是前途，风露依然灯火疏。
独步应无人在后，同行唯有月如初。
长空雁没千行字，沧海鱼传几页书。
莫道南山终不改，回乡未必见茅庐。

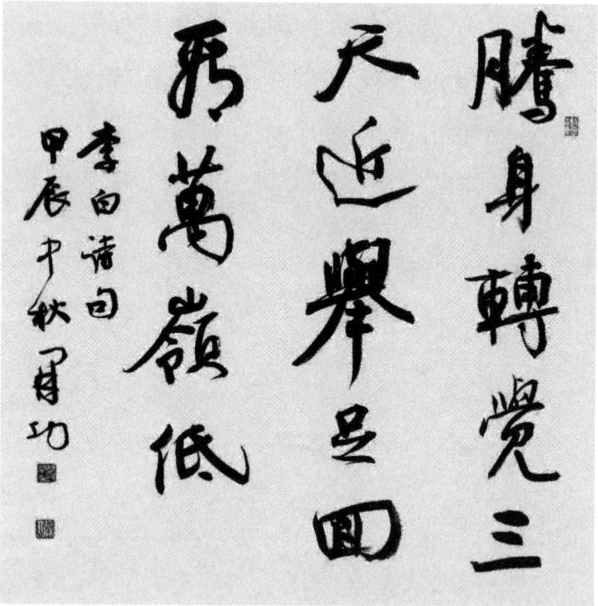

魏开功　书

张洪珍卷

作者简介

张洪珍　北京市人。中华诗词学会会员，北京诗词学会会员。曾任北京诗词学会理事、常务理事。现任北京海淀香山诗社社长。

七律·新龙年赞

（2024 年 1 月 20 日）

日月织梭又一篇，涓流水滴已成川。
粤联港澳辉千里，聚浪长江破万舷。
班列穿驰车似画，集箱跨境景如烟。
领翔科技鹏开翅，麟翼腾云世界先。

七律·缅怀四十五中张素玲老师

（2023 年 12 月 22 日）

雅校春风绿杪枝，不期相见有缘时。
华龄豆蔻嘉年少，飒爽英姿女教师。
三尺讲台严学养，一生育智爱心慈。
追贤难挹离人泪，强忍悲潮写赞诗。

七绝·秋韵（三首）

（2023 年 11 月 27 日）

（一）金色时光

万树斑斓透暖阳，绿红次第又夹黄。
同吟相聚当留影，欢笑比肩站一行。

（二）秋收

山间笑语采摘忙，绿草丛中菊花香。

霜染果红心醉了，田园最美是家乡。

（三）红肖梨

肖梨俏丽换秋妆，一半红来一半黄。
果脆汁甜尝一口，家乡味道嘴留香。

七律·语言大学诗友合影

（2023 年 11 月 13 日）

秋山韵染景如烟，锦色绵延画笔连。
还是那棵银杏树，如今五老又挨肩。
鬓丝几缕人如故，褶皱平添又一年。
难忘初心千里志，凝眸叶落盼春天。

七绝·观颜基义兄《柿叶双红》照有感

（2023 年 11 月 5 日）

笔洗蓝天万里明，斑斓柿叶画双菁。
同镶一框真绝色，隐顺含和万事荣。

七绝·和刘杰兄《题刘健浸月映黄栌照》

（2023 年 11 月 5 日）

静波夹岸草犹青，更有秋红饰秀亭。
一框同芳真妙趣，图中有画也珑玲。

七律·深切缅怀胡振华先生

（2023 年 10 月 20 日）

秋风菊放送馨香，恰一英魂去远行。
难忘凌峰顽敌逐，常思汗滴建粮仓。
心抒雅意掬诗贝，志拾文珍唱曲芳。
结社香山天有意，红枫飒飒响声长。

七律·深切缅怀孙凤池先生

（2023 年 10 月 1 日）

毓亭流彩映花丛，凤舞青池日也彤。
执教挥鞭播雨露，科学遍洒贯长虹。
情编社志留文史，事记精心写独衷。
弦断琵琶音曲在，夕阳依旧照枫红。

七律·女英雄成本华

（2023 年 9 月 30 日）

杀敌威名传万家，横刀御寇卫中华。
孤身鬼圄遭魔爪，侠骨狼窝扛铁枷。
正气贯云身取义，丹心映宇九重霞。
民族崛起尊先烈，胜利之时悼本华。

七绝·缅怀曲州抗日县长郭企之

（2023 年 8 月 15 日）

民遭杀戮碎山河，愤举钢刀砍寇倭。
抛却头颅魂永在，长传烈士唱山歌。

【正宫·叨叨令】中关村第一人陈春先

（2023 年 7 月 1 日）

梦筹硅谷蜥风骥，智联工厂商协议。散结产品科研地，民营企业迎春立。实践哟也么哥，创业哟也么哥，园区示范留奇迹。

【正宫·叨叨令】当代毕昇——王选

（2023 年 7 月 1 日）

百年横跨铅排术，捕捉光电超时速。创排汉字激光路，读书看报春风沐。跨越哟也么哥，跨越哟也么哥，提携后俊英雄度。

【正宫·叨叨令】中关村生命雕塑

（2023 年 7 月 1 日）

《信息生命》长空探，螺旋结构风流现。英姿矗立披霞灿，吹响号角标新范。创意哟也么哥，创意哟也么哥，和谐海淀辉煌赞。

【越调·小桃红】海淀古景

（2023 年 6 月 29 日）

香荷十里采菱欢，泉涌丹陵沜。举网得鱼酒樽满，对西山。李勺堤绕苍烟院，雕甍画殿。看幽绝处，风晚入疏帘。

七绝·悼念朱枫烈士

（2023 年 4 月 5 日）

枫姿飒爽耀山岚，傲斗风霜矗险滩。
倾尽丹心含笑看，月圆两岸也心安。

七绝·贺郑尚可兄《文存》出版

（2023 年 3 月 14 日）

沧海流年一瞬间，人生不负写华笺。
笔牵文萃添薪火，廿卷新成镌史传。

七律·致薛铁华学友

（2022 年 10 月 21 日）

平台建立最情真，临水轩中主办人。
冬至外墙寒彻骨，霜临内屋暖如春。
编书镌刻青葱史，记录时光挂历新。
大宅门楣盈福运，同窗敬酒举杯频。

七律·致学友马军

（2022年10月19日）

似水流年四季明，随风鬓发白丝生。
久怀比赛乒球响，常忆课堂朗读声。
旭日随心微信送，夕阳着意点机屏。
增开视野添康寿，最爱桑榆不老情。

七绝·游香山（三首）

（2022年10月5日）

（一）香山

遥看群峦草色笼，双清别墅映桃红。
静观阅武楼飞燕，烟绕炉峰上九重。

（二）卧佛寺

五彩牌楼紫气涵，映阶远上树参天。
石碑颂咏金炉馥，侧卧牟尼佑国安。

（三）碧云寺

金刚宝塔入高云，罗汉慈祥五百尊。
独存中山衣冠冢，柏森堂静仰先人。

七绝·颐和园（二首）

（2022 年 10 月 4 日）

（一）排云殿

廊曲巧雕向上攀，宽阶拾级立云间。
佛香阁灿绵福寿，两宇相通映紫渊。

（二）佛香阁

仙蝠捧寿铸福山，头顶香阁佑御园。
溢彩三层昭四海，溜光八面耀城寰。

王社荣卷

作者简介

王社荣　湖北天门人。中学高级教师职称。全国模范教师，全国巾帼建功标兵，湖北省劳动模范，湖北省特级教师、省突出贡献中青年专家。

高阳台·兔年元宵

（2023年2月5日）

序：兔年元宵夜，凝望他乡圆月，遥想家山焰火晚会，赋词一首，以记良辰。

元夕佳期，黄昏似昼，琼枝托举婵娟。犹见蟾宫，吴刚捧酒庭前，嫦娥盛宴家山客，主宾欢、广袖翩翩。念凡尘，捣药千钧，兔守华年。

流光溢彩灯千树，几载沉默破，爆竹喧天。广场长街，人潮接踵摩肩。月圆花好笙歌响，笑靥开、眷侣情绵。闹今宵，焰火凌空，春满人间。

七律·土叙地震写感

（2023年2月9日）

超强地震毁楼门，满目疮痍尽裂痕。
万户含悲离故土，千家洒泪哭儿孙。
天灾作怪诚难避，人祸兴妖怎可奔。
建筑工程无质量，身家性命寄何村？

七律·春满西湖

（2023年3月15日）

碧水清波楼影邀，红桃白李映亭桥。

湖心岛屿新枝秀，岸畔回廊浅草娇。
绮燕衔泥开剪翼，工蜂采蜜扭蛮腰。
惠风和畅馨香溢，结伴游园人似潮。

七律·再读《满江红》

（2023 年 4 月 25 日）

风鹏力举傲群雄，讨伐匈奴屡挽弓。
战场神威胡虏惧，词坛壮语国人崇。
精忠贯日遵慈训，大孝昭天建伟功。
奸佞谗言加害殁，流传万古《满江红》。

浪淘沙·夏至

（2023 年 6 月 21 日）

骤雨洒苍穹，草色葱茏。柳枝曼舞伴蝉嗡。白叟钓、蛙声起处，出水芙蓉。

节序有端终，万类皆同。云舒云卷傲龙钟。逸兴遄飞当益壮，林下雄风。

中元节（二首）

（2023 年 8 月 30 日）

（一）祭父母

生前只道日方长，故去空流泪几行。

盼望阴曹能托梦，担忧地府会遭殃。
纸衣冥币香中寄，念想哀思字里藏。
袅袅青烟穿两界，跪求父母进天堂。

（二）祈安康

金风皓月孟秋凉，香烛冥钱寄语长。
天上先人欢节庆，人间老少盼安康。

七律·谷雨

（2023年9月8日）

好雨如期贵似油，飘飘洒洒润田畴。
南坡点豆脚才歇，北垄移苗手不休。
拔节新篁姿态美，催耕布谷叫声悠。
池塘交响千蛙唱，廪食丰盈墨客讴。

七律·白露

（2023年9月8日）

气爽秋高白露生，荷心滚玉泛晶莹。
桂花杳杳留玄鸟，芦荻苍苍掩坳泓。
策应陶翁雏菊艳，铭怀禹帝祭杯盈。
西风莫落梧桐叶，乐得深宵听雨声。

七律·缅怀伟人

（2023年9月9日）

宋祖唐宗逊一筹，九天揽月傲寰球。
马蹄声碎雄关铁，贼寇途穷楚霸羞。
送走瘟神持彩练，邀来百侣竞方遒。
忠贞为国天寥廓，正道沧桑夙愿酬。

玉京秋·秋分

（2023年9月23日）

天宇阔。云鸿舞双翅，叫声清切。露湿金英，桂香十里，风敲桐叶。秋水潺湲瘦俏，蟹膏肥、芦絮飞雪。作离别，不惘心事，欲同谁说。

尽染层林娇怯。霓裳呈、银盘尚缺。五谷丰登，蔬瓜盈垄，农家难歇。盛会空前，点炬塔，西子狂欢时节。鼓笙咽。安享良辰令月。

七律·高中毕业的我们

（2023年11月20日）

骄阳似火地生烟，赤脚光头采翠莲。
朝叱黄牛犁沃土，暮牵划马运新棉。
插秧洒药常居后，刈稻担泥总在前。
背疼腰酸容貌黑，人生磨砺写开篇。

七律·“台独”无出路

（2024 年 5 月）

和平发展雾茫茫，黑手施威海浪狂。
舰母招摇图战乱，军援助纣扰荣昌。
从来我国钤辖地，岂是他人妄动庄。
倚美谋权无出路，同心共向赴前方。

七律·农历六月雨感怀

（2024 年 7 月 28 日）

昨夜台风驱酷热，今朝暴雨送清凉。
垂绥饮露丛林寂，碧水吞珠菡萏香。
闪电惊雷方谢幕，流金铄石又登堂。
阴晴冷暖难如愿，静气平心可守常。

汪桃义卷

作者简介

汪桃义　湖北天门人。中共党员，教授级高级工程师。从事石油及炼油化工工程建设工作近四十年，工作足迹遍布海内外。喜爱并创作诗词十余年，现为中华诗词学会会员、北京诗词协会会员，其作品多次在《中华诗词》《北京诗苑》《地火》及《中国石油报》等刊物发表。

雪梅香·几番雨

（中华通韵）

（2022年9月6日）

几番雨，萧萧落叶缀残红。又秋寒加重，风侵冷冽如冬。深院虫声乱腔调，小窗灯影映眸瞳。晚来静，醉倚庭栏，心意溶溶。

朦胧。念亲远，事去情留，负荷压胸。宦海人生，笃诚不忘前踪。逝水无端覆欢洽，举杯独语问西东。多遗憾，愿把凝思，托付征鸿。

水调歌头·壬寅年中秋节感怀

（中华通韵）

（2022年9月9日）

盈月探华宇，露冷桂花香。又值秋色分半，一载好收藏。最怕勤耘无果，也有些许斩获，行事喜留芳。转瞬岁花甲，今夜好行觞。

颂清朗，情在线，不迷茫。满斟美酒，纾解胸臆尚疏狂。回首觉知无憾，展望祈谋平淡，永续这安康。举盏良宵醉，凡世亦循常。

七律·中秋之夜

（中华通韵）

（2022 年 9 月 10 日）

水浴清蟾院景幽，灯窗靓影炫高楼。
临风赏月盈盈笑，埋首寻诗剪剪愁。
何处欢声频入耳，此时醉酒易伤喉。
二三点露侵身冷，丹桂香飘又仲秋。

七律·重阳节朋友聚会感怀

（中华通韵）

（2022 年 10 月 4 日）

金风劲起蟹鱼肥，好友重阳屡屡催。
临水言欢频照影，举杯语畅不思归。
且融盛景开怀笑，又赏新菊快意堆。
古往今来情谊久，人间挚爱敞心扉。

浪淘沙·街树叶枝松

（中华通韵）

（2022 年 10 月 9 日）

街树叶枝松。秋雾深浓。薄衣难御早来冬。孤坐桌前思绪乱，大脑虚空。

时序总匆匆。亘古雷同。境由心造且从容。冷暖自知多远虑，万事亨通。

满庭芳·客旅生涯

（中华通韵）

（2022 年 11 月 16 日）

客旅生涯，匆匆步履，细思未敢蹉跎。今迎甲子，尽享慢生活。还忆“青京”过往，丹心奉、赢得祥和。友天下，频繁互动，言语暖胸窝。

挂冠学放下，健康功业，同似爬坡。等闲看，春风盈润清波。深信曾经阅历，也有我、些许传说。樽前酒，白头淡定，笑侃岁如梭。

注：青京，指我工作过的青岛和北京两地。

七律·壬寅虎年岁末感怀

（中华通韵）

（2022 年 12 月 20 日）

岁尾寅终不复安，多思困扰倍觉惭。
居家总受蹉跎惑，出外常生忐忑难。
本欲勤职无几日，徒悲滞路满三年。
但期从此时空朗，闲踏新程尽乐颜。

七律·信步山河灿烂时

（中华通韵）

（2022 年 12 月 25 日）

因疫居家已有期，屡闻感染不足奇。
隔屏频见煎熬苦，出外难寻喜乐嬉。

末势孽毒忽溃坝，万民惜命正搏敌。
神州劫尽春归后，信步山河灿烂时。

七律·未能幸免变阳人

（中华通韵）

（2022 年 12 月 29 日）

未能幸免变阳人，通体灼燎咳嗽频。
曾诧街邻接续倒，侥觎孙祖保持阴。
忽逢狂虐遍南北，顿悟难逃品苦辛。
回味三年防疫事，翻来覆去耗心神。

点绛唇·闲坐窗前

（中华通韵）

（2023 年 1 月 9 日）

闲坐窗前，看梅发几枝争艳。空灵雅澹。书卷香茗伴。
轩邈有时，解绶清鸿勉。功名断。了无愁患。分秒遂心愿。

浪淘沙·退休

（中华通韵）

（2023 年 1 月 18 日）

余韵越青丘。卸任无忧。亦真亦幻眼中收。四秩为公今退隐，自此悠游。

家小挂心头。别却他求。自娱自乐少虚酬。福祉荫承谋远久，歆享绵柔。

彩云归·张灯缀彩喜同堂

（中华通韵）

（2023 年 2 月 6 日）

序：癸卯之春，三代同堂共度除夕、喜庆元宵。累且欢乐，有感记之。

张灯缀彩喜同堂。祖孙齐、软语温香。杯盏协奏醉人新曲，真好似、日日清光。更滋润、稚童乖巧，引天伦热肠。此际念、瑞福连亘，永续祥康。

芬芳。修身立世，好门风、几度名扬。贵为父母，承往扶后，恪守担当。就算知、遥途坎坷，笃信德品堪帮。更迭永，祈望家国血脉绵长。

七律·挂甲归来故地春

（中华通韵）

（2023 年 4 月 2 日）

挂甲归来故地春，平畴新绿正精神。
墓前祭扫纷飞泪，宅内追怀厚育恩。
草木有情牵旧忆，巷村无语庇芳邻。
少年乍见犹羞涩，怯向家人问客人。

七绝·清明

（中华通韵）

（2023 年 4 月 2 日）

时至冷节桃李瘦，田头荒冢望添愁。
人生逆旅归何处，杂草碑文共一丘。

鱼游春水·春回故地

（中华通韵）

（2023 年 4 月 5 日）

清渠腾细浪。隔岸青苗畦垄旺。燕呢莺啭，篱落田头金嗓。鸭鹅结伴凫水潭，鸡犬成群逐林莽。春暖景嘉，神怡心爽。

再踏从前沃壤。甚喜村垮新模样。几多梦里牵魂，相同指向。岁如流光不复返，唯愿归临无惆怅。深恩永铭，笃情安放。

七律·游陆羽公园有感

（中华通韵）

（2023 年 4 月 6 日）

钟谭故里落飞花，百里方圆是我家。
信步迷茫拉友问，登楼敞阔找词夸。
竟陵城下西江水，贵客杯中陆羽茶。
倦旅一生心挂处，未分咫尺与天涯。

定风波·退休生活

（中华通韵）

（2023 年 4 月 21 日）

久困职级闲散无，而今解缚好心舒。朋友相邀千杯少，欢笑。夕光日影醉相扶。

偶系围裙厨艺长，静享，躬身甘作灶间奴。牵狗抱孙郊野旅，童趣。花香林语百愁除。

七律·遣怀

（中华通韵）

（2023年8月10日）

公平最是奉光阴，前度消磨还称心。
功利终归成旧忆，身家稳枕渡红尘。
遮屏懒理激聒事，宅室欣闻悦耳音。
莫叹匆匆年月去，融情淡定自沉吟。

曲玉管·电闪雷鸣

（中华通韵）

（2023年8月15日）

序：三十年前，在东北油城，为了保障项目工期，我们曾多次于暴雨中施工（按照现在来讲是典型的违章作业）。每逢大雨滂沱，总会情不自禁地想起那时的一幕幕动人情景。近日，京城屡降暴雨，特填词以记之。

电闪雷鸣，天昏地暗，风邪雨猛临窗久。巷道人慌车堵，积水横流。

可行舟。记忆钩沉，油城鏖战，焊花溅舞衣湿透。奋勇争先，哪惧磕坎壕沟。念悠悠。

细品当初，最难忘、青春激荡，怎知困苦何存，全凭岁月无忧。任遨游。却离同侪远，每欲封存心事，水潦翻覆，物是人非，雾起凝眸。

蝶恋花·落叶渐频侵暮晓

（中华通韵）

（2023年8月16日）

落叶渐频侵暮晓。夏去秋来，恻恻蝉声扰。身未居高忧事渺。无由追梦添烦恼。

提笔难书辞赋找。对镜茫然，白发愁生早。墨客情怀终未了，不图名利安娱好。

七律·毕业四十载同窗再聚

（中华通韵）

（2023年9月4日）

同窗三载各东西，斗转星移四秩时。
浅浅霜华遮慧眼，泠泠意趣构琼思。
频说当下家国事，更忆从前愿景期。
对视难言别后意，金樽频举莫迟疑。

八声甘州·自东南西北聚盘山

（中华通韵）

——同窗毕业四十年聚会

（2023年9月5日）

自东南西北聚盘山，清茶煮秋光。忆热河河畔，南山脚下，三载同窗。倍感白驹过隙，诧对满头霜。何似天公少，唤醒轻狂。

总忆离宫[1]野趣，叹四时景秀，携手寻芳。念朝夕相处，愺懂话衷肠。远天涯、频传鸿雁，慰异乡孤旅好思量。分别久、留云借月，神采飞扬。

注：①离宫：指承德避暑山庄。

望海潮·京东雄踞

（中华通韵）

——同窗毕业四十周年盘山聚会有感

（2023年9月6日）

京东雄踞，休闲文旅，田盘自古名山。溪瀑密连，松石俏挂，群峰耸向云天。清淼画桥穿。礼佛香火绕，乞送宁安。胜景怡人，引来四面客游欢。

同窗萍聚情绵。踏云梯向顶，又似当年。嬉语趣浓，高轩叙畅，几多旧忆频牵。今世喜结缘。木性平颠踬，慰抚云烟。只憾词穷意慢，愧赋此心端。

声声慢·秋日私语

（中华通韵）

（2023年9月19日）

才别溽暑，季候轮秋。流光又短白昼。身感薄寒，凝露夜凉清透。去留岂关风月，细思量，分别恒有。最苦是，入骨人和事，眷念难朽。

莫问喜悲落寞，也休论功名，想来缄口。诸事安宁，冀望世无魔兽。而今且张雅趣，养情致，视通宇宙。书斋里，赏枝摇光影，赋诗邀酒。

扫花游·赏菊宴饮

（中华通韵）

（2023 年 10 月 22 日）

赏菊宴饮，季候又重阳，斑斓风物。碧天净素。正一年醉美，宛如画布。暮暮朝朝，最喜民丰物阜。把秋度。

盏中清影舒，浓情堪述。半载休闲路。境随意飘移，尘嚣抵触。

朝夕恐误。任叶落风卷，坦然无怵。日月匆匆，莫忘勤勉多助。强筋骨。再修身，不知寒暑。

踏莎行·暮秋思绪

（中华通韵）

（2023 年 10 月 30 日）

景褪葱茏，霜来寒苦。词穷意笃惜秋暮。力单才浅误勤读，心中悔意和谁诉？

静坐谋篇，愁思疏堵。欲成佳作伤筋骨。天长水阔近黄昏，萧萧落叶西风助。

七律·癸卯年回眸之黑龙江边境游

（中华通韵）

（2023 年 12 月 5 日）

序：2017 年 8 月，我曾经游览了黑河以东的中俄边境。今年 9 月，受朋友之约，又游览了西部边境。感慨颇多。

十天信马走边城，遍赏风光意未平。
北望河山忧外患，南巡村落虑中兴。
人丁递减萧疏影，林鸟空飞愀恻声。
时势纷繁多乱象，位卑亦动戍疆情。

七律·癸卯年回眸之无题

（中华通韵）

（2023 年 12 月 25 日）

深寒岁末雪无垠，遍覆京城处处新。
前季回眸乏硕果，后生围堵有独尊。
浮沉总带飞沙起，辗转难得绮愿轮。
热血一腔多自重，围炉煮酒话来春。

七律·无题

（中华新韵）

（2024 年 12 月 28 日）

职场风云难再有，去留随意任西东。
昙花一现数十载，奇技纷呈四季风。
短暂朦胧难适应，终归舒朗好轻松。
余生欲要安康度，明月清风处处同。

臧新义卷

作者简介

臧新义　河南确山人。字涵之，号雨园，抱玉室、深柳堂主人。中文学士、法律硕士。中华诗词学会、中国书法家协会和北京书法家协会会员，刘艺书法研究会秘书长。出版《臧新义书法作品集》、《盛世诗语》（合著）等著作。2019 年 12 月和 2023 年 4 月，分别在全国政协文史馆和河南举办个人书法作品展。

丁酉天坛道中行吟（三首）

（一）

序：新年伊始，每日穿行于天坛道中，岂非吾之山阴道也！

日日此佳途，山阴旧时道。
清风与白云，俱入我怀抱。

（二）

序：惊蛰日，晨起，穿行天坛道，见古木森森，虬龙冲霄，得句。

漫步天坛道，苍松竞碧峣。
又逢惊蛰日，春意自魂销。

（三）

序：晨起，穿行于天坛道，二月春风劲然，晴空一碧如洗，吟之。

二月东风洗碧霄，柳榆枝乱竞纷娆。
自当怡悦随云去，何论道中多驿桥。

五律·己亥岁末读陶诗杂感

虚室读经际，抬头望碧空。
晖依阁楼上，影落雪池中。
枯叶因风寂，泠泉趁石匆。
远山孤色里，隐隐一陶翁。

五绝·庚子夏初（二首）

（一）小满夜雨作

窗外正风雨，孤灯夏夜长。
何如斟美酒，醉里两三行。

（二）独听夏雨

郁郁沉云去，潇潇暮雨来。
凭窗堪独立，孤鸟独徘徊。

七绝·辛丑岁暮学书感怀

三十余年与古徒，朝临暮写躁渐无。
诗心自有风神见，祈得金丹造化图。

注：黄山谷诗云：“世人尽学兰亭面，欲换凡骨无金丹。谁知洛阳杨风子，下笔便到乌丝栏。”其更在《书缯卷后》中云：“学书要须胸中有道义，又广之以圣哲之学，书乃可贵。”今吾曰：不学诗无以书！书家若有诗心，辄笔底自有风神出也。

五绝·壬寅正月十三大雪有寄

序：晨起卷帘惊雪，书案临古，金蓝二猫子侍坐，想来虽岁月如梭，逝者如斯，然却“欣于所遇暂得于己，快然自足，不知老之将至也！”故诌小诗以记之。

长安容易老，物候又逢新。
正月千山雪，挥毫独一人。

五律·壬寅秋兴（六首）

序：《秋兴八首》是杜甫七律代表作。借深秋凋伤冷寂之景抒写其暮年漂泊无依、空怀抱负的悲凉心境，表达了深切的身世之悲、离乱之苦和故园之思，悲壮苍凉，意境深闳，生发出一种沉郁深邃的美学意境。余尝常常诵之，几可随口吟出某篇某句，今逢壬寅秋，心向往之，乃拟几首小打油，不敢七律且五言，不凑八首暂六篇。不避痴狂，一笑也。

（一）白露夜作

壬寅白露，秋夜，澄碧静美，再三日即中秋。

最爱浅秋夜，气冷天碧澄。
清辉怜太白，白露忆少陵。
草色青还在，时流暂抚膺。
举杯无俗事，醉里逸思兴。

（二）中秋夜作

又见中秋月，天涯思故乡。
三年多疫病，万众苦离伤。
代谢春秋急，诗书日夜忙。
篱边丛菊瘦，凛凛任风霜。

（三）昨夜秋风起

昨夜秋风起，晨寒独仗藜。
荣枯年若此，意气了无兮。
笔下烟云远，胸中风物齐。
兴来思杜老，丛菊草堂西。

（四）微云淡河汉

微云淡河汉，秋色醉人心。
高树蝉方静，低丛虫细吟。
归来半壶酒，客去独弹琴。
也欲北楼上，临风一洒襟。

（五）中原多滞后

中原多滞后，壮岁入京华。
每忆昔时窘，常寻八月槎。
晨书怀赤子，夜读化丹砂。
自有东篱菊，年年处处花。

（六）寒露二日作

寥廓江天远，微云散碧空。
群峰渐黛色，孤雁送秋风。
草木萋萋后，诗书漫漫中。
鸥心何处去？试问竹林东。

五律·壬寅冬晨小雪后三日作

序：疫情之患愈烈。岁月匆匆，转眼又是一年尽头，寂然四顾，年华易逝，恍若一事无成，怎不令人慨叹？（颈联为句内对仗，即中原对四野，万众对微邻。微邻指冠毒。）

疫冬伤远望，薄雾似侵晨。
落叶看几尽，山林梦未真。
中原兼四野，万众共微邻。
年去无多事，俄然物候新。

五律·癸卯七夕感怀

何意秋风起，篱边落叶飞。
连天炎坏扇，含雨暑粘衣。
河汉始清浅，人间尚郁菲。
良辰复今夕，不与壮心违。

五律·癸卯故园忆旧六咏

（一）北泉寺

门西三五里，岭上①古禅林。
唐柏怀贞观，隋枝空梵音。②
清潭穷卦理，③ 碑魄报君心。④
何日归乡去，悠然涤俗襟。

注：①岭上，指秀山北岭。②唐柏、隋枝，指北泉寺内著名的传为唐代尉迟恭手栽的柏树和隋朝年间的数株白果树，皆参天蔽日，亭亭如盖。③清潭句，北泉寺内八卦池泉流四季。④碑魄句，北泉寺乃颜真卿殉国遇难的地方，寺内有颜鲁公祠。祠前有一通八尺高的石碑，记述着颜真卿的生平事迹。

（二）田园忆旧

远山溪水处，村落有人家。
庭鸭关关叫，炊烟袅袅斜。
晓耕晨露白，夜读油灯花。
邻里自荣乐，相交无所嗟。

注：青年之前，一直生活于确山城北小村，西距老乐山十余里。村中池塘约两亩，水草丰茂，鸡鸭成群。每于夕阳落山，西望悠然，远山如

黛，峰峦叠嶂，亦甚美也，可谓把酒桑麻之诗境，栖隐田园之妙处也。

（三）教书生涯

芳年学师范，授业在农家。
夜课人归晚，空天月满华。
喜闻嘉木志，苦读旧生涯。
村野青山下，悠悠不泛槎。

注：余年十八于驻马店师范学校毕业后，在家乡教书，虽非所愿，却也乐在其中，边教书边读书，度过了几年美好的田园诗书生活。

（四）春节感怀

原田千朵雪，逝水去悠长。
大地泥光湿，远山峰色苍。
绿爬池上柳，节出驿边杨。
草草一年尽，今春可离乡？

注：昔年，蛰居乡里，一边感受着田园牧歌的宁静与美好，一边又梦想着如何去远方，甚为彷徨，此乃当时真实心境之写照也。

（五）靖宇将军

少有精忠志，常思靖宇情。
秋风群众起，雪夜只身行。
碧血丹心死，中华浩气生。
古今双武穆，皎皎月长明。

注：秋风句，指杨靖宇将军领导刘店秋收起义；雪夜句，指将军就义前独自战于林海雪原，只身与敌周旋五昼夜。生于老区确山，从小喜听岳飞传、杨家将。七岁入少先队时曾步行四公里到将军故居宣誓。将军是中华之魂，也是我们心中的战神，与民族英雄岳飞一样动天地，昭日月。

（六）盘龙山

暮色小城望，南山若卧龙。
虽无栖隐处，却有白云峰。
朝踏四时道，晚看千户容。
不寻陶令宅，暂住豁心胸。

注：盘龙山，山不甚高，势不甚雄，却是确山人心目中的名山。因踞城南，山脚下的确山人就称之为“南山”。山小，略少寻幽探奇之乐，却多晨练游玩之所。长居于此，抬头即见，真可谓“悠然见南山”了。

五律·癸卯秋题深柳堂

深柳堂无树，庭前数竹青。
一池昏晓墨，万卷古今经。
觅句开风物，挥毫写性灵。
时来故人辙，载酒对残星。

五律·癸卯中秋夜作

连日暑方尽，时空草草流。
京城月圆夜，故里雨中秋。
望月举新酒，登高思旧游。
倏然今似昨，无处觅藏舟。

七绝·癸卯秋长安行吟（六首）

（一）登古城墙

八月长安桂子香，如烟细雨上城墙。
唐砖汉瓦承传处，秦地何曾是他乡？

（二）谒大雁塔玄奘法师

万水千山一杖行，廿年取得叶真经。
金身不必为吾有，颠倒远离生性灵。

注：玄奘法师历经十九年，取得贝叶经。翻译《般若波罗蜜多心经》广为流传，中有句“远离颠倒梦想究竟涅槃”。押平水韵之青韵，首句借邻韵（唐有，宋几为惯例）。

（三）观秦始皇陵兵马俑

万千车马一君身，满目甲兵皆入尘。
每有登临古今事，不知高卧几多人？

（四）夜雨观《长恨歌》剧

骊山再上入华清，只为乐天长恨行。
千载逢秋悲旧雨，白头故国几多情。

（五）朝圣碑林

少小学书今本源，唐碑汉隶自繁繁。
飘零千载风云外，寂寂承传此故园。

（六）夜宿长安

长安市上客绵绵，追汉思唐忆旧年。
秋雨也来添古意，潇潇一夜伴人眠。

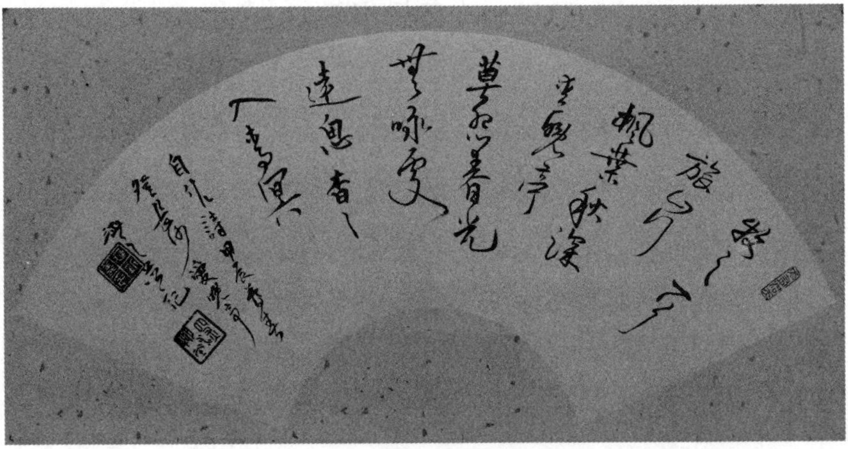

藏新义书自作诗《甲辰暮春登长沙爱晚亭》

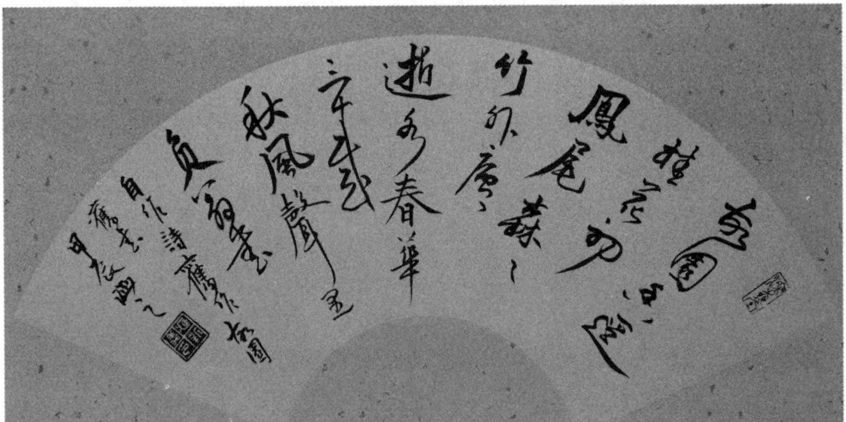

藏新义书自作诗《故园旧书》

胡水堂卷

作者简介

胡水堂　湖北天门人。中共党员，工学硕士。原总后勤部军事交通运输部综合局副局长、副研究员，大校军衔。中华诗词学会会员，北京诗词学会会员。

长亭怨慢·初冬游颐和园

（2018 年 11 月 19 日）

放眼是、芦花飞絮。疏柳垂荷，一色情趣。丽日蓝天，镜湖云朵映深处。此般光景，风得意、人安步。鸥鹭瞰鱼翔，便觉得、怡然心户。

环顾。见霞光万道，拾影敛思归路。往来岁月，问天地、星云何去？无从解，满目江湖，切莫道、英雄无数。算俗子凡夫，谁肯把光阴负？

少年游·踏春

（2019 年 4 月 19 日）

春江花月雨蒙蒙，烟柳约东风。梁燕呢语，塘蛙鼓噪，蜂蝶舞芳丛。

田园芸苔黄满地，金色少年中。牧童横笛，老牛寻觅，风景不相同。

忆王孙·春暮

（2019 年 4 月 24 日）

才嫁东风春不顾。桃李杏、红尘花雨。问天何故负芳魂，默不应、由之去。

光影星空天涯路。尘世里、纷云无数。悠悠岁月乐韶华，奈何得、春将暮。

淡黄柳·祭屈原

（2019 年 6 月 7 日）

红榴引蝶，时近端阳节。屈子《离骚》魂未灭。杜宇孤鸣天阙，风雨凄声汨罗血。

鉴风骨，身坚志何折。雄黄酒、艾蒲叶。额书王、欲以祛妖孽。顾念神州，仰天长叹，争忍英雄语噎。

浪淘沙令·渔家人

（2019 年 7 月 21 日）

帆影浪中斜。江上人家。乌篷举网出银花。归岸一心消乏处，稚子堆沙。

弦月映残霞。日没星华。蟾宫折桂暮云遮。渔火波光人更俏，闲乐如茶。

好事近·听秋蝉

（2019 年 8 月 12 日）

何事意难平，如此声嘶悲切。似有多年积怨，把愁情宣泄。

唤来雷雨骤然起，伴尔入秋月。已是风轻云淡，待万山红叶。

秋夜雨·如秋

（2019 年 9 月 19 日）

秋风淅雨残枝折。空山萧瑟黄叶。清光沉浸夜，慢待了、西窗斜月。

朝来暮转秋香里，岁渐深、枫色人悦。当与愁道别。看雁去、云高天阔。

菩萨蛮·秋风

（2019 年 9 月 24 日）

秋风唤得烟和雨，染山袭扰梧桐树。何处可留情，一湖秋水明。

秋风难解意，何必相思起。一路向天涯，无时不见花。

忆余杭·梦童谣

（2019 年 9 月 27 日）

长忆襄河，河上风帆河岸汉，弓身汗水折篙竿。人喘水惊湍。

几帆呼喊纤夫号，一片芦丛传百鸟。别来云鬓梦童谣，思绪总迢迢。

一斛珠·重阳

（2019 年 10 月 7 日）

望江亭乐。一汪秋水飞群鹤。东篱菊艳梧桐鹊。雁去南山，万里云天薄。

杨柳荷塘金色落。寒秋渐近人惊觉。一樽佳酿登高酌。我自悠闲，任尔西风作。

武陵春·问东君

（2019 年 10 月 21 日）

又是一年秋万顷，云淡菊香时。疏影斜阳照绿篱。残叶恋桐枝。

斗转星移能几度，风雨有谁知？问语东君总不词。难了我千丝。

小重山·秋思

（2019 年 10 月 22 日）

深露凝秋秋更秋，月明霜白昼、梦难求。思君一夜月宫游。更漏滴，滴滴击心头。

晨起亦难收，窗前如镜照、泪痕留。一番心事两忧忧。凝望处，枫叶卷成丘。

永遇乐·京城怀古

（2019 年 11 月 6 日）

金水桥横，紫禁城耀，雄梦萦处。石库门楼，古田乡野，赤水由来去。星星火种，铮铮铁骨，便把根基熔铸。是何人、绸缪帷幄，气吞万里如虎。

秦皇汉武，唐宗宋祖，千古风流谁顾？滴水清幽，井冈红秀，万里长征路。双清别墅，大漠罗布，盛世太平锣鼓。享安泰、东方红日，千秋颂赋。

山花子·寻梅

（2019 年 11 月 13 日）

芳草茎衰瘦叶归。黄花香断朔风吹。漫漫云天深色处，见鸿飞。

晓月蟾宫无限魅，笙歌箫曲百千回。疏木落红泥化去，待寒梅。

江城梅花引·凡夫吟

（2019 年 11 月 23 日）

椰风摇曳影长斜。映丹霞，赏丹霞。海面流光，道道掠金沙。光影逐波声拍岸，声悠远，一层层、卷雪花。

雪花，雪花，伴渔槎。目雾遮，心事遐。欲问海燕，燕不应、谁共天涯。渔火烟钟，无处不繁华。做个凡夫思俗事，人静好，乐逍遥、享酒茶。

高山流水·醉仙

（2019 年 11 月 25 日）

举杯一醉驾东风。上高楼、邀约霞红。倾诉彩云间，飘飘渺渺朦胧。深情处，万物消融。仙相伴，飞越银桥绿水，袖舞苍穹。见蟠桃熟了，滴滴唾涎浓。

仙宫。嫦娥奉宾礼，传玉兔、待客真隆。丹桂酹芬芳，欲罢欲醉千重。已沉沉、不分西东。渐醒矣，知是人间一梦，话语难同。恋琼浆也，壮人胆、贯长虹。

锦帐春·人生

（2019 年 12 月 30 日）

冬去春来，自然常态。世间万千多异彩。白茫茫，红艳艳。看素颜粉黛，各钟其爱。

几缕霜丝，几多无奈。且把此生当例外。似高山，如大海。感苍天眷睐，心情畅快。

醉春风·观雪

（2020 年 1 月 6 日）

昨夜蒙恩泽。今朝花任摘。江堤杨柳竞梨花，白，白，白。树上寒鸦，雾中青影，欲寻阡陌。

旷野音清瑟。空灵心生惑。独唯风景意难为，得，得，得。清气梅香，玉琼邀约，宴来骚客。

河传·游玉渊潭

（2020 年 4 月 2 日）

红艳。红艳。樱花云潋。柳叶抛眉。满园浓艳竞芳菲。人追。鸟翻飞。

春风送息春光语。蝶儿舞。眼把花儿娶。金枝花萼待神仙。婵娟。怡情梦晓天。

瑞鹧鸪·襄河萦念

（2020 年 5 月 30 日）

霁雨烟浔。襄河畔，长堤倚傍幽林。蒹葭丛里，起伏清吟。曲曲声声意韵，天籁沁人心。凝态也、油然艳羡，百鸟情深。

尘世苦追寻。梦里水乡情，劲草成荫。萦念结，辗转明月西沉。难抑经年往事，如枕似淋涔。壬戌别、年年岁岁，便到而今。

凤凰台上忆吹箫·冬日巡游

（2020 年 12 月 20 日）

冬至时分，朔风北国，郊原一片蛮荒。难了这、冰封万里，寒气凝窗。却见江边雾挂，白皑皑、别有风光。心情好，趁兴惜别，直赴南方。

携手佳人穿越，游三亚，憩休东岸村庄。便见得、森林湿地，鹤舞陂塘。如此自然情愫，骄阳下、倩影椰廊。人都说，菩提下好乘凉。

鹧鸪天·七夕

（2021 年 8 月 14 日）

乞巧星云银汉悬。忍将缘分隔桥边。桥头思慕迢遥外，桥尾回眸咫尺前。

欢今夜，忆经年。别番滋味在心田。欢情唯恐关桥早，便数佳期无奈天。

剔银灯·捉虎

（2021 年 10 月 26 日）

振纪扶纲捉虎，看徐郭、居高贪腐。两面三刀，招权无忌，暴敛官兵堪苦。镣铐入秦城，和珅也、终归自取。

人道天然禀赋。性之善、乐施成趣。但守初衷，些子莫为，肯把浮名辜负。品位与千金，独自问、谁能攀附。

定风波·八一吟

（2023 年 8 月 1 日）

猎猎军旗嘹亮歌，离开部队又如何？依旧情牵千里近，坚信。只因最爱这山河。

怒吼震天犹在耳，战士。百年大局起狂波，山姆生端成习惯，难伴。挥刀拔剑弃渔蓑。

江城子·中元寄思

（2023 年 8 月 30 日）

今宵皓月照中元。映苍天。袅青烟。一盏心灯、化纸寄千言。祈盼天堂真美好，无痛苦，没饥寒。

汉河风月断桥边。报恩难。诉辛酸。曾几何时、绕膝是清欢。却到而今寻一处，圈一地，把心安。

清平乐·迎春团拜

（2024 年 2 月 3 日）

岁开新势，梅领花仙子，玉骨幽香嘉园里，如此这般节气。

天空高挂祥云，满堂齐聚上宾。笑语峥嵘岁月，举杯论剑昆仑。

探春令·同学战友会

（2024 年 2 月 29 日）

巴音浩日同窗会。正龙年新势。盛宴馐馔，浓香情里，高盏立，笙歌起。

飞觥酹浓津门谊。兀自那股气。看雄浑宇宙，本色战士，剑老刀锋利。

虞美人·清明

（2024 年 4 月 4 日）

杏花柳眼飞香雪，又是芳菲月。凭栏遥眺故乡台。烟雨不禁愁思、落心怀。

焚香化蝶云天外，心似翻江海。寄情无处断人肠。明烛风中残照、泪成行。

踏莎行·暮春吟

（2024 年 5 月 6 日）

翠柳搔姿，繁花飞舞。醉迷四月芳菲雾。眼前双燕窃呢喃，似言谁把春辜负。

水色天青，春风夏雨。流光映射幽深处。自然堪解好风情，人生自有峰回路。

卜算子·萱草花

（2024 年 5 月 12 日）

故园香自来，萱草花开放。蝴蝶翻飞朵朵采，化影心中样。

岁月轻转头，黑夜繁星亮。遥远天空清澈光，照我征途上。

春夏两相期·乡游

（2024 年 5 月 18 日）

看襄河、岸边杨柳，东风和着轻扭。漫步江堤，量得万千青秀。枝头罗雀话情长，麦穗芬芳酬勤厚。碧水清波，从前情景，未曾流走。

归来畅饮醪酒。忆少时游戏，逗猫遛狗。满脸天真，池下捉鱼抓蚪。霜云转眼到而今，傻笑顽童依旧。醉上云霄，不负春山，一生何有？

行香子·刀郎成都演唱会有感

（2024 年 9 月 30 日）

爽籁清风，逸兴遄飞。听山歌、心动神驰。凤凰浴火，弦管生辉。见人同醉，天同泪，乐同谁？

纷云一雪，惊魂罗刹。喜葩经、九野声奇。朱华不染，俚曲传兮。愿水清流，世清净，气清怡。

彭太山卷

作者简介

彭太山　湖北天门人。高级讲师。中华诗词学会会员，竹韵精品诗社会员。工作之余不辍笔耕，泛舟诗海，漫步南溪。曾在省市以上报刊上发表论文诗词三百五十多篇（首），与友人合著《竟陵古韵新吟》《竟陵新韵》《盛世诗语》等格律诗集。

七律·元宵节感怀

（2023 年 2 月）

亘古元宵寄意虔，从来家国庆团圆。
漫空焰火琼花绽，遍地华灯彩绢妍。
劲舞盈屏开局面，佳肴爽口透心田。
唯祈一统金瓯固，陆岛同樽尧舜天。

七律·参加婶母葬礼纪感

（2023 年 2 月）

匆匆今昔叹云泥，九五遐龄谢幕奇。
四世勋劳崇笃俭，百年懿范仰仁慈。
烟花送别惊天际，爆竹哀荣动地时。
观演人生皆过客，务须唱好重头戏。

七律·《魏开功书范恒山诗词》赏吟

（2023 年 3 月）

从来双绝属良俦，况乃诗书笔力遒。
洛赋三都佳话在，兰亭千载美名留。
春风文苑友情笃，烟雨京华岁月稠。
漫道临渊空艳羡，一笺赠我不须愁。

七律·谒东林寺

（2023 年 3 月）

闻名古刹世称奇，出入溪桥叩虎碑。
一脉净宗诚可信，六朝松植不须疑。
天无馅饼拂人意，寺有清斋慰客饥。
家国祈安终显验，甘泉法雨涤余痴。

七律·贺诗友刘斌《浮云集》问世

（2023 年 4 月）

是谁天宇织罗纹，锦绣高端耀曙曛。
九夏翳荫消伏暑，三春絮雪化氤氲。
拱悬七彩霓虹靓，耕播四时霖雨勤。
缘汝青梅添酒兴，巫山眷侣揖薰芬。

七律·牙科门诊就医感吟

（2023 年 5 月）

五官本应各司职，切怒缘何恨不平。
珍摄每怜韩愈叹，修齐始悟国藩明。
做牛甘折爱孺子，没此难忘报笃情。
莫逮唇亡空后悔，合当知耻勉余生。

注：曾氏语“打落牙齿和血吞”。

御街行·故园宴迎李照海同学

（2023 年 5 月）

通衢右宅刘台阔。柳似盖，杉如铁。翻修庐舍焕新颜，围地穹天宾设。堂前慈母，遗容犹在，眉目仍殷切。

彭中卌载依依别。梦未了，程门雪。今朝携手细端详，难得征帆归歇。盈盈泪眼，循循家国，倾座心同热！

注：李系美国华盛顿大学终身教授、博士生导师。

七律·忘年友王公术后探视感吟

（2023 年 5 月）

直面死生诚可贵，壮哉王老典型垂。
全凭心力却顽敌，屡战癌魔脱险危。
风雨袭来躯干挡，侍陪婉拒妇儿绥。
不闻病榻呻吟语，但见方城频解颐。

七律·次韵范庆珍女士《钓客》

（2023 年 6 月）

垂纶何必囿池塘，国手磻溪简册香。
滩浅笑凭虾鳖戏，浪深窥得鳄鲸藏。
识诸水性识鱼性，钓罢霞光钓月光。
但企文王能眷顾，不图鳞甲满罾筐。

七律·致唐手名家张平安先生

（2023 年 6 月）

儿时桑梓仰先尊，尚武家风弟继存。
步缓气舒龙虎静，肘攻势烈电雷奔。
健身手段闻高妙，阅世胸襟见吐吞。
百炼功夫遵祖训，凌霄劲竹赖深根。

七律·致诗友唐必达先生并祺

（2023 年 7 月）

宋唐大雅承衣钵，正气在胸谁敢夺。
心力全倾掘醴泉，洌甘尽奉解饥渴。
修身每仰玉壶冰，治学岂容乌鹊聒。
相约鹅湖定可酬，期颐寿享必能达。

七律·酒会忆趣

（2023 年 7 月）

四十年前一幕弹，当时聚饮忆犹欢。
红茶白酿质相浑，纯洁赤诚杯尽干。
豪气敢教星斗落，热忱能逐雪霜寒。
奋青不觉世途苦，回首释怀心路宽。

七律·吊兰

（2023 年 8 月）

一袭长裙碧绿装，殷勤四季挽春光。
叶垂似剑虞姬佩，藤束如腰郢客狂。
郁郁吐新萦吉瑞，葱葱纳故佑安康。
不图幽谷赢高洁，旨在酬人遍室香。

七律·闻《罗刹海市》引网爆寄慨

（2023 年 8 月）

十年复出笑刀郎，一曲吹成绝世章。
浑话哪堪千万解，讦言岂止二三行。
鸡分又鸟诳童子，马并户驴羞殿堂。
吠影几声犹可耐，平添鹊噪更迷茫。

七律·七夕有感成都牵手门

（2023 年 8 月）

携手红装惹肉搜，瞬间唾沫覆洪流。
谁怜芦荻折高管，孰悯桃花堕秽丘。
履职焉能耽粉黛，奉公理应惜膏油。
从来玩世难成器，七夕思之为尔羞。

七律·闻友人之孙就读澳科大感吟

（2023 年 8 月）

平生爱诵稼轩词，天下英才信可期。
万仞书山凌凤阁，一舟学海越龙池。
黔黎耻逐青云梦，萤雪喜题红叶诗。
嚼得菜根真健者，胜他碧眼紫须儿。

七律·挽茶学大师欧阳勋先生

（2023 年 8 月）

惊闻碧落坠星驰，译著勋高推世遗。
日奉经书崇宝典，美尊茶圣叹殊奇。
百年仪范仰儒雅，一代宗师惜别离。
如沐春风聆茗道，满坡翠绿吐新枝。

注：译著指《陆羽茶经注》。

七律·李树吟

（2023 年 10 月）

一树卓然枝叶繁，金风摧折叹凋残。
冰心铁骨春花白，赤胆铜干秋色丹。
根系黎元通地气，果呈廊庙祭天坛。
无言赢得径蹊满，不朽铭旌已盖棺。

七律·读史

（2023 年 11 月）

防氓之口甚防川，勿堵宜疏河海安。
九过家门贻禹贡，十思诤谏振墀坛。
寡悬上赏刺双面，案戒乌台平巨澜。
载覆飞舟青史鉴，起燃不觉夜阑珊。

七律·黄兴路步行街

（2023 年 11 月）

东邀闹市步行游，风物煌煌醉眼眸。
士女云蒸灯火炫，蓬瀛景逊洞天羞。
高楼名铺售他国，玉液鲜衣拒我求。
可叹阑珊人去后，独遗轸帅戍街头。

七律·偕至亲夜访琵琶亭

（2023 年 11 月）

久慕名亭访九江，幽情古意映辉光。
萧疏芦荻蓬舟渺，璀璨霓虹鬓影香。
曲绕朱梁邀往返，屏书毛体溢昭彰。
喜闻青帝登临跸，似见乐天频咏觞。

七律·自卑亭

（2023年12月）

自卑亭陋内涵泓，学问修身昭大成。
亘古骄兵多败北，由来健者必谦明。
武皇尚立碑无字，黉府亦称湖未名。
若读五车行万里，应将兹作警钟鸣。

七律·爱晚亭

（2023年12月）

遐迩亭何名爱晚，只缘枫叶满山丹。
红妆拭泪英雄血，墨客吟怀士女叹。
夕照抚琴弹碧瓦，晨曦携卷倚朱栏。
如冰高洁倾情久，似火霜天不觉寒。

七律·橘子洲

（2023年12月）

洲头塑像势凌空，遥忆天骄觅旧踪。
击水碧波闻壮语，溯江红鲤化腾龙。
当年爱侣踏歌处，今日游人摄兴浓。
如醉风光消块垒，声声归笛约重逢。

七律·韶山行

（2023年12月）

朝圣虔虔如愿行，遗踪历历见分明。
旧居宅内流连久，滴水洞中嗟喟生。
祖考宗祠源世泽，广场肖像慰民情。
清风两袖斯人去，留得江山此处菁。

七律·衡山行

（2023年12月）

圣君久仰拜南衡，一路攀登绝顶行。
法雨澄时清世浊，天风助我荡尘萦。
不祈一己身心健，但愿诸亲事业成。
转念求神嘲坐享，谁勤商贾勉农耕？

七律·与留美归国同学聚会即事

（2024年1月）

归来彼岸聚家园，别后萤窗五十年。
握手端详嗟往事，呼名辨识悯华巅。
海棠厅饮熏风畅，大碗橱尝味道鲜。
席上东推新擘画，相邀再访艳阳天。

刘继成卷

作者简介

刘继成　祖籍湖北天门市。理学硕士。现住武昌闻道居，因号闻道居士。闻道者，朝事乎？文刀也；居士者，修持乎？自称也。崇文尚礼，误入商海，幸存而已。

七绝·放翁同题《十一月四日风雨大作》

（2022 年 11 月 28 日）

昏晓鸪啼归寂寥，忍听不尽竹萧萧。
凛冬夜忽惊雷起，唤醒人间第一邀。

五绝·元宵步韵香山居士《勤政楼西老柳》

（2023 年 2 月 5 日）

秋点兵多事，夜航船少人。
千年承旧制，一萼立新春。

五绝·除夕步韵香山居士《勤政楼西老柳》

（2021 年 2 月 11 日）

平生不由己，盛世每欺人。
沓乱庚子劫，慌张辛丑春。

鹧鸪天·重庆行

（2023 年 4 月 9 日）

最是人间不自由，三年争得出城楼。连环桥隧车无尽，相缪山川风未休。

从汉口，向渝州。几番况味上心头。花开遍野鹃啼近，却问归来春在否？

七绝·向暮过宝通禅寺

（2023 年 4 月 24 日）

忍看零落起春愁，晚客迎风忽打头。
年少不知楝花美，一时明白泪如流。

七律·武昌送李伟之竟陵

（2023 年 8 月 27 日）

人间无事立秋风，溪外一声听断鸿。
古紫薇花开陌上，新丹桂字待闺中。
蒹葭未老头先白，鸥鹭正闲心早空。
甲子又来纵胜数，且从容做灌园翁。

七绝·梨园垦堂题记

（2023 年 7 月 5 日）

兴来吟罢又凭栏，忽漫看山还是山。
一室天天扫无谓，东湖风好到荷湾。

七绝·登松阳大木山茶园玉兰亭

（2023 年 9 月 15 日）

等闲岁月自流金，草木身中天地心。
遗世飘飘乎独立，秋风声是越人吟。

七绝·平安夜感怀

（2023年12月24日）

此生一本逢场戏，雪月风花何所期。
剑影刀光仰天笑，盲人瞎马少年诗。

五绝·小寒广水客次自吟

（2024年1月6日）

遥忆林中酒，独烹溪外茶。
分宵两行泪，破晓一枝花。

七绝·步韵柳宗元《诏追赴都二月至灞亭上》

（2024年1月9日）

六十功名才尽客，三千烦恼劫余人。
纵身一跃不能至，万念前头世界新。

七绝·过故乡狮子古河步韵杜甫《江南逢李龟年》

（2024年2月12日）

汉江清浊屈原见，秦岭炎凉韩愈闻。
万里空多辋川景，千年独少信陵君。

七绝·家祭行吟

（2024 年 4 月 5 日）

辜负明前茶未烹，归来垄上听风声。
我心在野斋难养，烟雨人间笑治平。

七古·北海银滩见小儿玩兴

（2024 年 5 月 16 日）

万丈红尘付熙攘，海天犹剩一抹霞。
童心未泯悲白发，清水芙蓉怜黄牙。
无虑无忧言无忌，无挂无碍思无邪。
潮平岸阔好景致，竹马青梅小玩家。
来日大风起追忆，尽是稚子手上沙。

七律·浴佛楚天高速草就

（2024 年 5 月 17 日）

古人来者不能见，如寄平生三万天。
一捧春花迎夏种，孤怀秋月入冬眠。
仓皇风雨穷途客，寂寞诗书负郭田。
山海无垠吞夕照，共谁笑泪话当年。

朝中措·次韵宋朱敦儒《先生筇杖》

（2024年5月28日）

那堪有限逐无涯，一笑对拈花。伫听松风荷雨，行看云月烟霞。

平生事了，坐忘煮酒，正念烹茶。杳杳去来当下，悠悠故国新家。

七绝·夏夜东湖小李村乡友聚饮

（2024年6月3日）

不待停杯酒上头，子规声咽月如钩。
一座故人家四海，满怀心事国千秋。

七绝·芒种赠别

（2024年6月5日）

尊前谈笑少年狂，百战归来书更香。
几点雨过小荷坞，一丝风入老松冈。

魏开功卷

作者简介

魏开功　湖北天门人。字钺山，号坚堂主人。曾任书法报社有限公司副总经理，洪湖市书法家协会主席。中国文艺评论家协会、中华诗词学会和中国楹联学会会员，湖北开明画院副院长，湖北省书画家协会顾问，武汉书画研究会副会长，华中师范大学长江书法研究院研究员，湖北经济学院客座教授。

七律·杂感

（2016 年 11 月 16 日）

年长方知世事艰，沉浮不计笑开颜。
万言变法①东瀛去，两赋②怀情赤壁闲。
菊傲寒霜香似海，松撑冰雪气如山。
心无挂碍常思远，留得清声耀锦斑。

注：①万言变法：指康有为发动“公车上书”请求变法。多次请求失败后，1898 年 9 月 21 日，慈禧太后宣布“临朝听政”，光绪帝被软禁，戊戌六君子被杀。于是康有为逃亡日本。②两赋：指苏轼因“乌台诗案”被贬黄州两年后，于 1082 年秋、冬游览黄州附近赤壁先后写的前后赤壁赋。

七绝·山中游

（2018 年 2 月 8 日）

二月风裁柳叶眉，亭台烟笼作重闱。
不归乃是阮郎计，梦拥佳人醉翠微。

注：阮郎，指阮肇，借指情郎。其故事见于《太平广记》。

七绝·三八巾帼颂

（2019 年 3 月 8 日）

三月花开俏艳时，风华巾帼胜须眉。
国兴家旺多奇志，一半江山一半诗。

七绝·胡杨赞

（2019年8月26日）

大漠胡桐傲绝巅，秋来色变似金天①。

风霜雪雨炎凉世，“三不”②精神万代传。

注：①金天：指新疆胡杨入秋后树叶逐渐变为金黄色，是一道美丽的风景线。②“三不”：指胡杨“生而千年不死，死而千年不倒，倒而千年不烂”。

贺新郎

（2020年3月12日）

赤县东风煦，碧云天，青山披黛，蝶飞花舞。凤阁龙楼依旧在，浪袭云帆何去？战险阻，英雄无数。浩浩长江东逝水，料而今，谁会蓬莱住？征路远，士何惧。

功名烜赫如尘土。斗垂天，白云浅酌，誓言今许。谈笑古今愁消尽，自信中流砥柱。九万里，鲲鹏正举。破雾穿云腾巨浪，赖人和，地与天齐助。待晓日，击金鼓。

小重山

（2020年3月15日）

万树繁花满眼春。青山披黛色，染长云。蜜蜂鸣唱嗅芳芬。好时节、生怕负殷勤。

花落不留痕。恨红残绿暗，碾泥尘。紫云瑞露惜花魂。唤春住、争采蕊盘闻。

七绝·湖边垂柳

（2020 年 4 月 10 日）

斜雨霏霏湖漠漠，点衣垂柳闹行人。
絮吹丝拂烟波上，微浪随风涤俗尘。

七绝·龟峰山杜鹃

（2020 年 4 月 14 日）

龟峰含笑映山红，彩蝶纷飞戏蕊中。
娇态羞容期客至，东风催我入花宫。

七律·庚子初冬游善源谷①

（2020 年 11 月 8 日）

左港群山新雨后，初冬喜看谷溪流。
丛林两岸连天碧，龟石②一尊随水悠。
积善桥③边风物美，相思湖④畔雨烟浮。
修身养性须来此，寻得源头快意游。

注：①善源谷：位于湖北省通城县五里镇西南相师山下，为长江水系左港湖源头。②龟石：善源谷溪水有一石似龟。③积善桥：善源谷风景之一。④相思湖：善源谷风景之一。

七绝·落梅

（2021 年 1 月 8 日）

雪月愁云暗自生，梅花摇落屈枝横。
化泥何惧埋魂骨，风雨幽香气更清。

五律·春夕雷雨

（2021 年 3 月 30 日）

一夕春雷动，篷檐响雨声。
窗含溟眼色，柳泣落梅英。
衣被身心湿，台阶云霭生。
谁言春雨好？恰此惹愁情。

七律·梦里水乡诗会

（2022 年 5 月 21 日）

世外桃源何处寻？仙桃园景数杉林①。
行舟摇树连天影，飞鸟鸣枝动静心。
曼舞清吟添雅趣，揉弦浅唱觅知音。
晚来畅饮乡愁驻，人醉诗魂酒自斟。

注：①杉林：景区有万亩池杉林，水上池杉林可划船游览观光，是景区主要景点之一。

七绝·六十抒怀

（2022 年 8 月 13 日）

韶华六十几经磨，踏雪飞鸿迹不多。
两鬓染霜书未老，躬耕玉砚莫蹉跎。

踏莎行·除夕

（2023 年 2 月 9 日）

冬暖风和，晓天春早。雪融冰化人欢笑。声声鞭炮喜迎新，神州处处尘埃扫。

瑞绕江山，金龙福照。青山绿水苍穹渺。同心勠力共争辉，复兴圆梦沧桑道。

七律·暮春回乡偶感

（2023 年 4 月 2 日）

浓兴回乡色晦暝，村头独见小风庭。
门前翠柳连天碧，屋后明玕①映水青。
物是人非难解语，车颠路曲却生灵。
今时应念旧时意，邀友二三杯不停。

注：①明玕：竹的别称。

七绝·东湖畔喜赋

（2023 年 6 月 19 日）

梦绕东湖玉镜中，榴开燕徙遣忧忡。
临窗近望湖山醉，挥翰吟诗不负翁。

七律·夏入漳河水库夜钓

（2023 年 8 月 4 日）

夏时斜照入漳河，游艇轻行笑语多。
一线明珠垂月夜，满河烟水泛银波。
情闲静钓添童趣，兴雅嘉吟和酒歌。
鱼咬青钩随我意，姜公无饵愿如何？

七绝·题杨晓琳书《隆中对》长卷

（2023 年 10 月 16 日）

笔走龙蛇情志真，隆中锦卷出风神。
玉盘珠落参差妙，承祚①心仪梦里人。

注：①承祚：陈寿的字，乃《隆中对》作者，魏晋史学家。

七律·武汉秋冬时节

（2023 年 11 月 8 日）

冬来不语作秋声，气润江城花叶荣。
桂吐芬芳溶雾远，菊凝轻露傲霜盈。

微风拂面无凉意，细雨生金有暖情。
不觉寒梅春报早，但求胜日永相行。

七绝·初冬即景

（2023 年 11 月 11 日）

寒雨斜风一夜冬，残红落地不从容。
相依相伴难相守，暑往寒来羡劲松。

七律·癸卯初冬观“家山无恙风雨同行——董继宁中国画作品展”感赋

（2023 年 11 月 17 日）

冬阳和煦暖江城，万物欣荣皆有情。
水绿山青色凭染，花红叶紫感由生。
家山遥望几回梦，画作纷呈四载耕。
不钓虚名声愈远，空灵画格九州惊。

七绝·贺《书法报》创刊四十周年

（2023 年 11 月 24 日）

书坛引领着鞭先，风雨同行四十年。
天下文章今古事，绍承魂脉破云天。

七绝·观鄂州怡亭[1]摩崖石刻之李阳冰篆书感赋

（2023 年 12 月 20 日）

摩崖石刻世人称[2]，篆序盘虬势跃腾。
江上文澜吞日月，秦斯[3]似逊李阳冰。

注：①怡亭：位于鄂州市城区滨江大道小北门外长江南岸江边。内置怡亭铭摩崖石刻，乃唐代名人李阳冰、李莒、裴虬等于永泰元年（公元 765 年）在此怀古游玩时留下的珍贵铭刻，是著名书法家李阳冰篆书所幸存在世的唯一原刻。②称：称赞。③秦斯：指秦代政治家、文学家和书法家李斯。

七绝·观万里长江第一阁——观音阁[1]

（2023 年 12 月 20 日）

长江万里龙蟠寺，奇巧檐楹[2]气势雄。
三教[3]阁中藏化育，吴都[4]浪涌万民崇。

注：①观音阁：又称龙蟠矶寺，位于鄂州市鄂城区小东门外的长江龙蟠矶之上。②檐楹：指重檐和飞楹，借指观音阁整体建筑。③三教：指儒道释三教集于此阁。④吴都：吴王孙权称帝之地，即现在的鄂州。

七绝·访鄂州西山松风阁

（2023 年 12 月 20 日）

寒溪秀色掩楼幽，烟绕层林古韵流。
鲁直题诗称绝唱，西山妙笔誉千秋。

注：北宋诗人、书法家黄庭坚，字鲁直，号涪翁。松风阁在湖北省鄂州市之西的西山灵泉寺附近，海拔一百六十多米，古称樊山，是当年孙权

讲武修文、宴饮祭天的地方。《松风阁诗帖》是黄庭坚七言诗作并行书，墨迹纸本，一百五十三字。台北故宫博物院藏。

七绝·游张裕钊[1]文化公园观廉卿书法有感

（2023 年 12 月 20 日）

廉卿绝诣辟蹊途，劲骏雄奇冶一炉。
传道瀛寰赓学脉，英才隽雅出吴都[2]。

注：①张裕钊（1823—1894）：字方侯，一字廉卿；号圃孙，一号濂亭。清代湖北武昌县（今鄂州）符石乡龙塘村人，著名学者、书法家、教育家。②吴都：鄂州旧称吴都、古武昌。三国孙权定都所在地。

七绝·赠侄子魏文恺

（2024 年 1 月 8 日）

习画旬年去俗尘，几经风雨梦成真。
一枝一叶形神见，烂漫清幽画境新。

七绝·甲辰立春下雪感吟

（2024 年 2 月 4 日）

大雪纷飞云压头，冠低枝断使人愁。
立春不是风和日，气象从来天道谋。

唐多令·退休感怀

（2024 年 3 月 3 日）

胜景拥层岚，阳骄天更蓝。月如梭、歇息心惭。堪恨平生无大业，身尚健，勿欢贪。

室陋望湖酞，挥毫借酒酣。笔莫停，不惧针砭。踔厉修为行不止，济沧海，挂云帆。

七绝·题利川红茶

（2024 年 4 月 23 日）

凉城云雾孕茶王，红叶红汤溢栗香。
一盏清心神自静，闲来细品意飞扬。

五律·咏三角梅

（2024 年 6 月 26 日）

三角梅初放，清香共紫烟。
红苞含玉露，绿叶映霄天。
风动花摇曳，云移影自怜。
平添华贵色，胜却牡丹妍。

七绝·秋收时节

（2024 年 9 月 15 日）

暑退秋凉叶渐黄，千层稻菽穗低昂。
耕耘种月丰收景，镰下黄金富国仓。

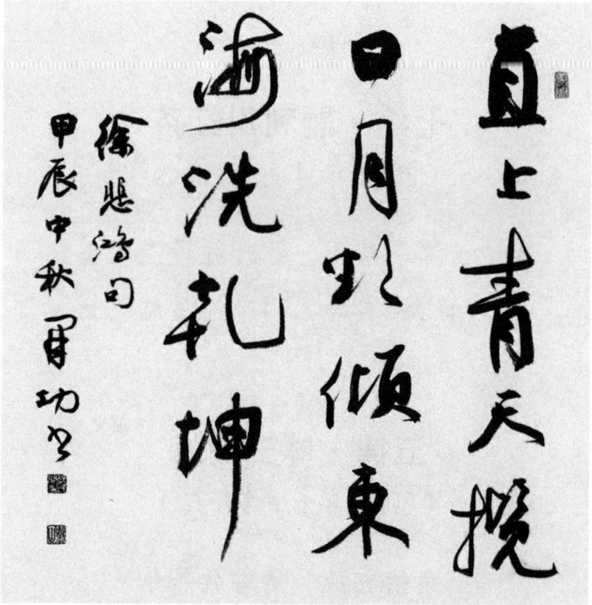

魏开功　书

许海卷

作者简介

许海　籍贯湖北荆州。北京大学哲学博士，中国人民大学新闻传播学博士后，现在北京市委宣传系统工作。业余爱好诗词创作，发表诗歌、散文、杂文作品若干，结集出版文学作品《第一项修炼：二十年文学作业》。

七绝·中秋咏月

（2019 年 9 月 13 日）

清光满地照无形，离合圆缺似有情。
云起雾散常历历，换得晴空月儿明。

临江仙·大别山

（2020 年 1 月 25 日）

战地重游共新友，无倦山水行走。清风拂袖小村口，依稀故人在，相顾频回首。

试问别后竟何如，遥指西山稻熟。方塘云影风荷举，当年弹痕地，今日创客居。

七绝·柳絮吟

（2022 年 4 月 20 日）

人间四月杨柳发，絮舞随风欲寻家。
劝君怜爱轻扫除，添春常念作落花。

七律·观书有感

（2022 年 11 月 19 日）

序：为《亮剑：站在思想理论最前线》出版而作。

风云万里尘未息，将军卸甲重振衣。
鹿逐吴下汗骢马，声撼匣中鸣剑器。
画吟江河前后图，琴赋平生文武艺。
归去莫看海波平，林间且问松樵意。

七绝·台湖公园纪事

（2023年1月7日）

当年学诗遍求师，谓登蓬莱最化思。
若得此心比明镜，不必远方亦有诗。

踏莎行·尼山怀古

（2023年1月28日）

玉点千峰，风拂万扇，半方残雪堪流散。鸿蒙长夜耀心灯，修仁崇礼人猿换。

粉黛归尘，宫阙成叹，燕归迷路真无算。渔樵故事任古今，尼山明月映河汉。

七律·上元日观诗作

（2023年2月5日）

立春元宵两相宜，天轮地回人谓吉。
老冰正融池水暖，东风待放春花枝。
虽憾三九未成雪，亦慰五体殆有师。
窗外雀燕嬉闹甚，应是故交诗来时。

七绝·偶题

（2023 年 6 月 22 日）

端午已逢夏日长，一程山水入北疆。
登岸莫问路远近，共情此处即为乡。

七绝·过海南牛岭题

（2024 年 2 月 14 日）

叠石成山山作岭，椰风吹得数峰青。
若问此去东西路，半是烟雨半应晴。

七律·端午偶记

——游西北草原动物园

（2024 年 6 月 12 日）

五月又闻草叶香，高原雁落栖毡房。
海境造就聚精怪，猛兽迁来称寨王。
乐散蔬果鸣帝鸟，愿舍肉糜饲苍狼。
曾经西风北马地，化作青山绿水长。

熊垓智卷

作者简介

熊垓智　湖北仙桃人。中国科学院研究员，教授、博士生导师，教育部普通高校物联网、计算机速录专业学科建设带头人，国际信息处理联合会语言文字专委会常委。人文学者，易学数理名家，《中华姓名学》传承者，心理学家。

采桑子·重阳

（2023 年 10 月 24 日）

征鸿声远重山断，霜染流丹。霜染流丹。插遍茱萸、疏影锁窗寒。

苍烟瘦柳缠绵共，菊韵萦牵。菊韵萦牵。风月无边、折住忆朱颜。

惜秋华·霜降

（2023 年 10 月 25 日）

雁阵离乡，露凝霜、瘦影知寒心语。红叶怅悲，林间冷风僝雨。缠绵野径萧疏，万壑险峰云泥路。苍莽。戏清澜、雨打芭蕉孤鹜。

野旷蚱鸣诉。黯降霜成雪，尽染枯蓬处。风清冷、蝶乱舞，蛰蛇虫伏。孤眠里陌心凉，冷月遮、乡愁童趣。飞絮。在今朝、暗香犹吐。

梦横塘·作别秋天

（2023 年 11 月 8 日）

翠凝红冷，霜浸枝枯，雁离遵序楼空。细雨潇蒙，落叶乱、秋光千重。残荡蒹葭，月寒鸿远，叠丘封冻。别秋悲怅季，往事如烟，西风冽、沧桑动。

闲愁纸短悲秋，清寒孤寂苦，恋恨谁懂？似水流光，挥别处、柳烟莺弄。绿桐远、青葱碧舞，患难情衷与谁共？草渚寒汀，一帘幽梦，断肠寒宵中。

满江红·国殇祭

（2023年12月13日）

汉月霓裳，金陵祭、悲笳哀乐。珠影碎、秦淮血色，断鸿飞魄。倭寇欺凌幽鬼哭，九州怒愤昆仑跃。睡狮醒、华夏笛嘶风，长缨缚。

家国恨，难忘却。狼子意，犹常恶。鉴千秋青史，国殇光岳。公祭扬戈坚壁垒，高悬利剑东瀛怍。诛汉奸、砥砺践初心，威鞭著。

水龙吟·冬咏

（2023年12月22日）

雪压雾锁群峰隐，洗尽铅华逐梦。霜欺万柳，琼芳潇洒，冰封地冻。淡染寒烟，草枯花谢，媚情万种。数点梅花笑，天寒入骨，青云揽、余霞弄。

遣动。浮生荷重。影斜横、野枫摇纵。朔风凛冽，冰姿潋楚，东君晓送。几缕云舒，傲霜孤月，夜寒悲悚。一梦牵、泣泪乡愁，紫陌放歌谁共？

夜飞鹊慢·岁杪抒怀

（2023年12月31日）

轮回季年杪，坡野烟黄。冰凛锁雾穹苍。经年梦短夜长寂，空留感慨衷肠。人生倥繁迫，数高歌穿越，破局忼慷。商经苏复，踏歌行、虽险犹骧。

挥别兔年浮偬，回首不堪怜，陈事沧桑。行稳如虹致远，知行乐境，开拓图强。凝心聚力，谱新篇、前路明光。看轻舟帆势、丹霞夕照，岁暮青琅。

江南春慢·庆元旦

（2024年1月1日）

风雨春秋，怡情瘦柳，龙腾寥宇霞焕。年轮递嬗，勇毅行、烟火人间。涛浪凌潮溅。心弦诉、一帘梦卷。命运共、清欢几缕，雪落成诗，东方日出疏练。

莺啼序，蜂蝶恋。瑞雪兆新天，暗香添漫。情怀几许，砥砺进、扬鞭声贯。村美千千万。初心践，抒青玉案。长剑舞、驱逐霸权，家国康宁，新元序开春唤。

白雪·咏梅

（2024年1月12日）

嫣红数点，霜几度、悬崖一缕芳魂。飞雪舞旋，层林素裹，初霞点染天殷。莽氤氲。艳芬绽、傲骨遒浑。酷寒斗、雪凌相诉，媚妩绰姿春。

情纵自是恋痴，梅英蕊嫩，剪红尘。一任雅风梅骨，松竹友濡邻。谁解语、暗香如故，踏雪怨东君。洁高孤傲，冰心染蔚乾坤。

雪梅香·踏雪寻梅

（2024年1月14日）

傲枝杪，盘虬卧雪暗香浓。看横斜疏影，含羞脉脉清衷。钩月迷离冷辉送，浩歌书气贯长虹。寻梅引，雪映凉光，谁惹寒风?

严冬。朔风卷，鹊踏枝头，浸染层峰。踏雪寻梅，爱深几许霜丛。一片冰心向芳蕊，只寻春色绽丰彤。香如故，万树冰魂，翠吐青葱。

舞杨花·冬柳

（2024年1月15日）

岸堤万缕金丝烁，斜照倒映寒江。覆雪披华，冬瘦恨霜降。叶枯残翠朔风剪，怅垂丝、一派苍茫。三九雾锁寒窗。旧雨残褪贞芳。

风拂长条曼舞，灞桥披金缕，枝叶柔行。轻吐旅愁，残月忍凝霜。谁怜柳弱细腰婉，倚长亭、啼唤春泱。终苦试问时光。别袖谁醉轻狂。

高阳台·大寒

（2024 年 1 月 20 日）

地冻霜凝，风寒柳瘦，雪欺野陌烟蒙。梅放新枝，雨疏雪隐归鸿。几蓬枯草渔舟渡，锁窗寒、腊月弯弓。暗香幽，一种乡愁，两处风同。

琼花玉树银装裹，遣情相思诉，把盏临风。万户围炉，横塘蝶落冰封。大寒过后春回暖，喜迎春、盛世腾龙。地连天，春影琼楼，三友葱茏。

山亭柳·春祈

（2024 年 1 月 28 日）

谁遣冬寒？燕剪柳莺穿。香暗递，郭生烟。往事纵横交错，节时轮序殷阗。怅止先年愁绪，冀企春天。

瑞龙腾纵新春焕，桃符万户尽开颜。长天碧，泰安骈。日朗乾坤别怨，尚须魏武挥鞭。四季欢歌笑语，春满人间。

一剪梅·小年

（2024 年 2 月 2 日）

斗转星移又小年。家盼团圆。庶盼团圆。灶君将别尽开颜。祈看灵仙。惯看灵仙。

家聚春祥鹧鸪天。蝶语相欢。燕语相欢。彩灯熠烁灞桥缘。春柳寒烟。秋柳寒烟。

蝶恋花·春思

（2024 年 2 月 3 日）

岸柳倾依荫掩地。贞燕双飞，裁剪青丛翠。南雁不知孤旅累。愁肠化作相思泪。

疏雨兰舟同枕醉。欲遣乡愁，怨怅鱼书寄。春织景娇谁与戏？云烟过眼芳华魅。

菩萨蛮慢·立春

（2024 年 2 月 4 日）

律轮时序。喜冰融雪化，雁归细语。万物醒、清水东流，柳烟竹翠葱，暗香幽吐。碧玉嫣红，蝶蜂戏、鹊鸣鸠舞。立春风剪柳，艳抹蕊英，野陌烟曙。

桃红探头盛怒。雪残痕渐隐，杨柳风舞。潋滟影随波，山壑氤氲，戏水锦鳞游。菡萏浮妩。满目花环，布谷叫、春耕墒土。雨随虹、春潮逐浪，岁丰稔富。

醉春风·咏春

（2024 年 2 月 15 日）

紫燕穿飞纵。黄莺啼序颂。河堤葱郁染芳华，踊。踊。踊。登鹊欢呼，蝶吟蜂闹，浪歌千重。

紫杏香浮动。疏影人花共。嫩芽初笑探春容，弄！弄！弄！丛倚柴扉，任春裁剪，九州追梦。

东风第一枝·春晓

（2024 年 2 月 16 日）

柳暗含烟，谢池春晓，闻莺柳浪吟唱。惠风清露花妍，瘦水风桥涤畅。东君挥袖，紫燕舞、蝶翩蛩响。潋滟映、鱼浪千重，一抹碧霞春盎。

征棹影、钗头凤怅。透碧霄、彩云瑞象。枝头青鸟吱喳，一堤柳牵草长。春催桃李，杜宇吐、乡村轩旷。锦缠道、盛世忼慷，遍地锦茵蕲向。

越溪春·春柳

（2024 年 2 月 17 日）

风拂柳丝垂绿线，堤岸嫩枝葱。秀姿曼娜依依舞，紫燕穿、青帝情纵。春瘦谁知，黄莺百啭，杨柳帘丛。

暄风一剪情衷。新柳吐芽茸。柳条连水钓戏翠映，闻莺戏语莽蜂。谁把柳梳春醉剪，风劲浪千重。

青玉案·迎春花

（2024 年 2 月 18 日）

破寒报晓青枝冻。叶嫩绿、凌寒竦。碾透冰清香蕊捧。萌茵葱翠，花枝俏弄。冷艳情耕种。

嫩芽绿染轻盈拱。怒放容娇韵幽宠。傲骨唤春风雅共。引群芳妒，迎春追梦。辞赋金英颂。

春声碎·春雨

（2024 年 2 月 19 日）

杨柳焕春风，鹊笑蜂吟鸠舞。惊雷贯宇，多情时雨，染就桃红吐。消残雪，润滋万物苏，尘世洗、当门户。

芳丛共春雨。织就春耕破土。青苗饮露，草色隐青葱、暗香烟缕。阡陌莽。清露润物无声，布谷叫、衷情诉。

定风波·春雨吟

（2024 年 2 月 20 日）

陌野初晴料峭残。牛耕影瘦任挥鞭。润土无声青玉案。呼唤。农耕时节试犁田。

岸柳碧烟归燕啭。情遣。蒙蒙斜雨对愁眠。且把水龙吟夙愿。凝盼。平生感岁赋新篇。

七律·庆元宵

（2024 年 2 月 23 日）

银花火树彩灯悬，望月婵娟不夜天。
开岁冰轮生紫气，嫦娥惊喜瞰尘烟。
丹霞凝韵千峰立，次第梅花雪占先。
春日光华催翠柳，佳期灿烂入青田。

彩云归·元宵即怀

（2024 年 2 月 24 日）

龙年岁焕共春曦。醉元宵、不夜星霓。欢戏童稚涌观歌舞，梅解语、鹤发披祺。鼓箫乐、月明天醴，笑颜催鼓禧。火树映、彩灯争耀，最是琼姿。

诚祈。声波动地，荡轩辕、万籁疏兮。一街漫彩，皮影春晓，社鼓传奇。竞抖音、乡愁妙绪，习俗扬谱行知。传微信，谁共婵娟莫负鞅斯?

沁园春·春

（2024 年 2 月 29 日）

绿染八荒，柳丝垂弄，陌野碧幽。那寒梅开绽，梨花似雪，蝶翩蜂戏，燕剪莺喉。冻解冰开千舸竞，送一抹烟霞缨醉眸。观胜景，见烟波浩淼，春水东流。

苍穹雁鸣声唤，任凭黄鹳舞，天地遐悠。潋滟波光绻，春风袅娜，映山红烂，水调歌头。禹甸泱泱春草碧，便龙腾春耕鸿运遒。千钟醉，唱欢歌步月，风雨同舟。

促拍满路花·咏杏花

（2024 年 3 月 2 日）

新柳青翠染，早杏惹朎胧。虬枝梅骨影芳丛。晓曦轻弄，蜂蝶戏寻中。本应芳菲共，哪管鸾倒凤颠，浅黛羞红。

暗香偏向幽送，南燕剪春风。风摇枝叶露丹彤。杏花芳雨，吐蕾俏姿雍。遥忆东君瘦，涌上心头，倚栏翘首娇容。

水龙吟·咏春

（2024 年 3 月 5 日）

乍寒游历寻三友，如月青阳迦逅。东风还暖，陌阡碧染，杏花时候。柳浪闻莺，拜星占月，燕声撩逗。看绿水生烟，波翻荇藻，新芽吐、瑶华秀。

芳草无涯豆蔻。踏歌行、一篙波皱。莫言春丑，鸟鸣芷蔓，牧童弄柳。布谷催耕，牛哞蛙鼓，早春铺就。喜春潮逐浪，临风把盏，情为君瘦。

临江仙·春意

（2024 年 3 月 7 日）

柳浪闻莺桃艳吐，东风催绿新茱。轻寒细雨润时蔬。喜闻犁动垦，春梦绕姑苏。

鹏鸪天道青玉案，凤鸾翔燕归途。彩云飞渡恋荆吴。相携胜境处，惯看楚天舒。

虞美人·寄情三八妇女节

（2024 年 3 月 8 日）

艳阳丽御芳菲动。巾帼英雄众。须眉不让贯长虹。风月伴君且共、爱情浓。

昭君入塞安邦颂。武塈江山统。木兰秋瑾耀青穹。华夏天娇豪勇、建奇功。

卜算子·蝶恋花

（2024 年 3 月 31 日）

彩蝶戏芳丛，舞影花间阙。比翼翻飞笑语欢，沐浴春风悦。

阡陌正芬菲，蜂恋百花切。瑞兆天门复沔州，绚烂幽香惬。

长相思·清明祭

（2024 年 4 月 4 日）

艾叶荒。柚叶荒。风啸清明寸断肠。离人泪满殇。

宇茫茫。地茫茫。布谷悲情言梓桑。插青哀思长。

念奴娇·纪念五四运动一〇五周年

（2024 年 5 月 4 日）

茫茫烟雨，映百年耻辱，九州潸怅。五四风雷旌旆卷，热血一腔雄壮。琴岛狂潮，赵楼腾火，铁马金戈仗。学工凝力，救亡驱帝激亢。

德赛引挽长弓，启蒙穷本，爱国情高涨。民主自由传马列，力鼎拒条签丧。击贼挥拳，除奸匡正，踔厉千重浪。荡平顽碣，振中华鼓鞭响。

鹧鸪天·你是人间四月天

（2024 年 5 月 5 日）

姹紫烟霞映彩莲。暄风轻缕百花妍。满庭芳馥温情脉，把盏临风阆苑阒。

情缱绻，意缠绵。纸鸢穷碧共诗笺。铅华洗尽春思梦，你是人间四月天。

卜算子·心有千千结

（2024 年 5 月 6 日）

烟雨锁重楼，别梦挥间遏。烛影摇红望断秋，心有千千结。

春色等谁裁，解语花迷蝶。借问痴情几时休，抱影相思切。

朱墨　画

冯元起卷

作者简介

冯元起　山东临朐人。中共党员，职业军人。中华诗词学会、北京诗词学会、中国音乐文学学会和北京音乐家协会会员。多篇诗作和歌词在《词刊》《中国乐坛》等期刊发表，《同志同行》入选庆祝中国共产党成立一百周年百首优秀歌词。《你从风雨中走来》获2024年中国明星春节联欢晚会歌曲作词金奖。

七律·步韵褚宝增会长《将春》

（2024年1月13日）

腊月高歌雪里行，霞云目送几多情。
祥龙劲舞迎归雁，玉兔欢腾举彩灯。
浏览河边冰体卧，闻听树上鸟声停。
将春景色逐惊艳，古韵京芳画意晴。

浣溪沙·腊八

（2024年1月18日）

岁杪匆匆不用忙，腊八犹记在心房。丰收不忘旧时光。
夜坐厅堂言盛世，梅开墙角逸芬芳。家人欢喜品粥香。

七律·癸卯大寒

（2024年1月20日）

北风吹彻碧云天，喜鹊登临喜讯传。
玉兔欢歌功满载，辰龙劲舞梦将圆。
大寒过了新春至，年杪匆然旧岁还。
日映梅开姿旖旎，鸿飞雪踏步翩跹。

七律·甲辰咏龙

（2024 年 1 月 21 日）

残雪参差守候冬，登枝喜鹊叫从容。
耕耘梦想春潮起，擂鼓东风万象荣。
玉兔欢歌奔四野，金龙呼啸跃穹空。
凌云阔步山河壮，唤雨轻播五谷丰。

五律·阳台花圃

（2024 年 1 月 24 日）

寒冬朵朵开，倩影共楼台。
绿叶轻张手，红花俏展怀。
新春迎序曲，雪化踏节拍。
喜鹊枝头叫，霞光请进来。

七律·夜览国家速滑馆

（2024 年 1 月 28 日）

豁然开朗似穹空，滑道游人绽笑容。
座椅排排如队阵，光灯盏盏若辰星。
闲暇开放供浏览，竞赛争先任纵横。
冰上健儿忽闪过，声声喝彩赞英雄。

五律·小年记忆

（2024 年 2 月 3 日）

小年忆旧年，思绪舞蹁跹。
雪落梅花笑，冰封稚子玩。
陀螺旋热土，鞭炮震福天。
喜气盈祥瑞，桃酥祭灶前。

七律·敬和婉清君《咏梅》

（2024 年 2 月 12 日）

梅开大地写传奇，自古芳名韵作诗。
丽影清清描浅画，柔姿楚楚舞新衣。
花开冷艳花中秀，雪吻幽香雪里迷。
俏不争春君子气，这边风景好心怡。

五律·元宵不夜天

（2024 年 2 月 24 日）

火树摇星汉，银花落九天。
春风拂笑靥，瑞雪兆丰年。
踏舞逐明月，飞歌响劲弦。
龙腾兴盛世，宵夜享清欢。

七律·甲辰春分

（2024 年 3 月 20 日）

昼夜均分春过半，阳光和煦正怡人。
玉兰盏盏擎天笑，湖柳丝丝抚水亲。
陌上开花燃岁月，斋中作画印霞云。
良辰美景谁留住，不负韶华不负君。

七绝·午后渠边漫步

（2024 年 3 月 23 日）

三月风吹日日新，婀娜柳色最怡人。
抬头望见空中月，片片流云懂我心。

卜算子·清明遐思寄英烈

（2024 年 3 月 26 日）

三月杏花开，细雨纷纷落。不忘硝烟战火时，苦苦艰跋涉。
所愿踏春光，锦绣前程阔。遗志继承梦正圆，伟业群星烁。

竹枝词·咏柳

（2024 年 4 月 1 日）

婀娜楚楚舞妖娆，谁不喜欢这细腰。
缕缕清风摇碧玉，柔柔靓女发丝飘。

七律·敬和李尚一君《榆钱遐思》

（2024 年 4 月 7 日）

榆神喜爱东风面，绽放枝头守望天。
做菜充饥能果腹，当粮解饿度荒年。
层层紧簇扬眉笑，串串相携把手牵。
百姓随心托寓意，江河有眼赠榆钱。

卜算子·暮春

（2024 年 4 月 14 日）

春暮海棠飞，英落知多少？满地缤纷映日斜，莺雀枝头闹。
婉转语留晖，舞影轻灵巧。柳絮飘飘暖暖风，流水桃花妙。

七律·谷雨时节

（2024 年 4 月 19 日）

喜看桃红笑脸扬，微风细雨绘华章。
铁牛播种农人乐，布谷催耕大地忙。
草木蓬勃摇锦绣，家国兴盛享安康。
杨花柳絮翩翩舞，紫燕新歌掠水塘。

卜算子·五一时节

（2024 年 4 月 25 日）

谷雨迸蛙声，麦浪随风涌。青杏枝头望碧空，一派欣欣景。
科技下乡来，喜鹊田间诵。汗水滴滴洒落时，万里山河盛。

五律·暮春雨润京城

（2024 年 4 月 29 日）

向晚云来布，天空不见星。
轻轻听夜雨，飒飒落京城。
紫禁威严美，红墙壮阔雄。
西山添秀色，草木欲峥嵘。

卜算子·纪念任弼时同志诞辰一百二十周年

（2024 年 4 月 30 日）

恰似骆驼行，重任担肩上。壮志青春立誓言，奋勇直前往。
勠力转乾坤，百姓福家旺。盛世芳华愿已如，信念胸中荡。

七绝·航母福建舰海试

（2024 年 5 月 1 日）

驶向深蓝梦已成，空天海陆互协同。
庄严下水行将远，弹射轻盈事半功。

七绝·初夏夜晚

（2024 年 5 月 8 日）

悦耳欢心蛙鼓声，一池碧水映星空。
花猫漫步身轻巧，倒影婆娑喜晚风。

七绝·月季花

（2024 年 5 月 14 日）

谁道花无百日红，缤纷月季却从容。
如霞似火群芳艳，一叶一枝春到冬。

五律·习近平主席 2024 年访欧洲三国

（2024 年 5 月 15 日）

初夏访欧行，深耕友谊中。
同心能共享，互利可双赢。
变幻经风雨，协和作弟兄。
登高天地阔，骋目拓新程。

注：访欧三国：法国、塞尔维亚、匈牙利。

竹枝词·樱桃

（2024 年 5 月 17 日）

入口甜甜喷喷香，圆圆笑脸恰红妆。
滴滴汗下知多苦，不负农兄向日光。

竹枝词·抨击“台独”论

（2024 年 5 月 20 日）

老赖喋喋总不休，“台独”论调逆潮流。
卑躬投靠频摇尾，弃祖求荣路尽头。

七律·芒种

（2024 年 6 月 5 日）

南风日暖麦闻香，芒种收割喜气扬。
布谷欢歌声入耳，农人笑语粒归仓。
榴花盛放山河秀，杏子轻摇岁月祥。
窗外沙沙繁叶舞，斑驳树影好乘凉。

七绝·咏凌霄花

（2024 年 6 月 14 日）

昂然直上笑云霞，弄影翩翩向际涯。
绿叶娇娇花朵朵，风中起舞耀中华。

七绝·敬和王效刚君《忆打麦场》

（2024 年 6 月 15 日）

脱粒隆隆声不停，口粮须与地天争。
扬场杂物随风去，一地金黄血汗成。

七绝·敬和马安田先生《父道》

（2024 年 6 月 16 日）

世上谁人铸铁肩，男儿前路肯登攀。
家庭撑起千般苦，为父担责勇向前。

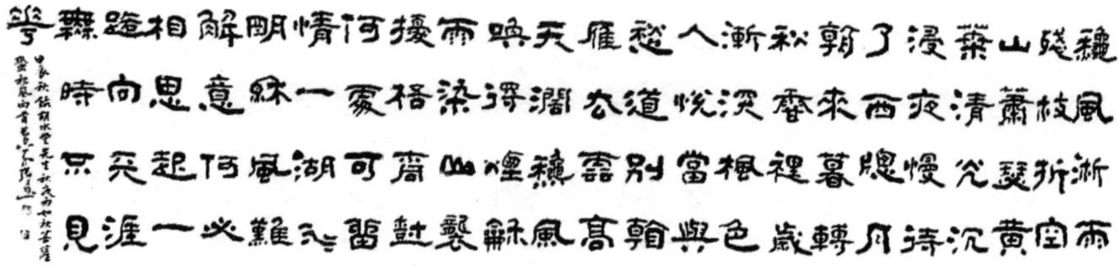

张才　书

陆先高卷

作者简介

陆先高　湖北公安人。毕业于中山大学中文系，北京大学MPA。曾任《光明日报》副总编辑，现任中国新闻文化促进会副会长。全国文化名家暨“四个一批”人才，享受国务院政府特殊津贴专家。业余热衷格律诗词创作，作品情感真挚，风格清新，饱含情趣哲思。

五律·立秋

（2017 年 8 月 7 日）

序：立秋日，望办公室窗前白云高渺，游思不断，诗记。

凌霄拂高碧，萝茑绕栏红。
鸟逐立秋日，蝉吟伏虎中。
身羁繁文里，魂牵一窗风。
寻梦何辞远，唯思酒不空。

七律·游碧云寺

（2017 年 10 月 3 日）

平生最是爱秋颜，独卧松菊看云闲。
寺中恍惚飞瀑响，雾里隐约山鸟盘。
遥观金刚宝座塔，近访罗汉默参禅。
清诚贯日千秋史，节义凌霄万古安。

七律·近元夕感怀

（2018 年 2 月 28 日）

序：下午去海军总医院拍片检查，肺部未见异常，只是支气管炎，并无大碍；出门即迎小雪，看各街区人流排队买元宵，想起佳节又至，心情豁然开朗。诗以记之。

鼎鼒调沸寻真味，取向樽前只旧醅。
岁至窗前闲作赋，细雪分茶暂停杯。
经秋绿蕊成新色，吹葭和风懒舒梅。
日近元夕长感怀，暮雪苍山待客归。

七律·竹花

（2018年5月5日）

翠眉琅玕碧玉钗，一绽红颜万枝哀。
凛寒素封风骨劲，雪叶霜筠两鬓白。
青简长留太史意，子猷情高安可怀？
为酬潇湘千古泪，不辞一死报君开。

高阳台·绕槛红残

（2019年6月18日）

绕槛红残，临轩绣片，牡丹经雨阑珊。门掩瑶琴，涩音奏遍阳关。沉香已冷茶烟断，鹧鸪斑，总负龙团。更何堪，越架蔷薇，堕马流川。

年年花事年年恨，按银筝心绪，吩咐云端。倦眼平移，阴晴聚散悲欢。东风且送芳华景，怨游禽，影落西园。想离宫，几处荒碑，几下啼鹃。

七律・旧庭海棠

（2021 年 11 月 13 日）

仿如秋思笼翠荫，独坐幽斋远俗尘。
南窗影疏无限意，西府海红任天真。
半生旧事沉茶白，一盏新枞长精神。
年年秋实随落雪，来年花木又逢春。

五绝・咏二月兰（二首）

（2022 年 4 月 26 日）

（一）

既秉兰骨骼，又添花精神。
不羡宫墙柳，宁为自在春。

（二）

缀点坡前路，随宜市井风。
心解烟雨意，零落红尘中。

七律・壬寅立秋

（2022 年 8 月 7 日）

序：京城近日虽桑拿天，但阵雨频频，已可想象秋日凉意。

绿满红肥无尽夏，风清月冷始来秋。
心园自种陶令菊，敢笑易安蚱蜢舟。
遥想秋深天更阔，应知桑榆景倍幽。
此生须向江湖老，岂畏秋风欺白头？

七律·草原牧区行

（2022 年 8 月 20 日）

序：由呼伦贝尔至兴安盟、阿尔山，由草原至山林，摸着丰润的牧草，跟棚改拆迁户聊过日子，移步换景。

千里看过云舒卷，又见万树拥碧波。
目送飞鸿逐落日，心随猎马踏星河。
眼前风物难道尽，近访人家情更多。
莫笑逸思羁不住，此间遍地是诗歌。

七律·咏万寿菊

（2022 年 8 月 22 日）

寿菊流金一川秀，翔云列阵四望通。
稻香沁脾还加饭，秋色千重复万重。
终是日行三百里，未能遍采塞上风。
将归怜掸衣襟土，尤羡经年往来鸿。

七律·壬寅重阳

（2022 年 10 月 4 日）

夜来疏雨老秋光，骤感西风透衣裳。
梧叶满阶辞旧树，黄花倚槛理残妆。
披襟笑饮茱萸酒，策杖从游石径霜。
惆怅惊心了无益，且待清韵上梅窗。

五律・秋夜咏怀

（2022 年 10 月 11 日）

云霭风吹尽，秋浓一夜霜。
空明满高阙，清寂生八荒。
星是山河眼，月流古今光。
人情多感慨，对此不复伤。

五律・壬寅腊八即事

（2022 年 12 月 30 日）

冰雪三冬夜，风尘万里身。
乡心空作赋，腊酒已盈樽。
灯火分粥暖，山河有情春。
时疾新愈后，生涯更自珍。

七律・党校学习校园漫步有感

（2023 年 2 月 21 日）

序：昨天傍晚在校园里遛弯，景致依旧，略感春意，今日晨起，欣然为句。

东风入律寒意消，曲岸青丝绽新梢。
半池碧波濯旧气，一园芳草竞春朝。
自惜斑白难为句，赋写心事效虫雕。
且将拙笔耕尧壤，愿传诗情到九霄。

五律·癸卯芒种

（2023年6月6日）

夏意幽何在？绿从天地流。
水风清可饮，草岸静无舟。
细雨催梅熟，新秧续麦收。
生涯不解老，万事自悠悠。

浣溪沙·景到江南处处幽

（2023年6月27日）

景到江南处处幽，云光潋滟水波柔，青山胜似美人眸。
图画难描无穷碧，清风不系自在舟，溽暑消散一茶瓯。

五律·癸卯白露

（2023年9月8日）

莠草生白露，凉风起雁乡。
飘忽岁月去，变幻碧山苍。
清气来天地，秋思满大荒。
荆江望不到，相对小池塘。

五绝·癸卯秋思（五首）

（2023年9月9日至19日）

（一）

枕上三更雨，心头一味凉。

秋来谁伴我，风满碧纱窗。

（二）

闲暇解欣赏，不是爱孤芳。
无人会意时，流连半亩塘。

（三）

草木承清露，山河爱晚妆。
秋光铺千里，摇落水一方。

（四）

飞霞收夜色，烟火动晨光。
天远人间近，市声滋味长。

（五）

碧树停飞鸟，红尘拽晚霞。
丰盈才一瞬，万念已天涯。

七律·回乡感怀

（2023年9月13日）

序：回湖北故乡当媒体融合评选专家，飞机上俯瞰鄂西山川，果然特别景致。

楚地山川秀几重？烟霞缭绕数千峰。
秋林苍翠满幽谷，夕晖澹然隐古松。
雾是神女藏梦处，云携屈子辞赋风。
相思远寄荆江畔，更遣诗情入碧空。

浣溪沙·枯荷

（2023年10月16日）

北地秋寒一夜生，百花颜色渐凋零，枯荷塘畔少人行。
晨起缓游兼细赏，方知斑斓向日倾，可爱筋骨更分明。

七律·九月十四夜月下杂咏

（2023年10月28日）

皎皎精魂月一丸，光流清野照胆肝。
秋霜满眼凋老树，往事填胸涌热泉。
旧圃菊偕五柳隐，枯荷叶为义山残。
一般浩然无愧怍，襟抱长开待岁寒。

蝶恋花·银杏大道

（2023年11月16日）

谁道人间秋已尽？银杏枝头，满眼秋风韵。琐碎金光翻寸锦，半天绝色寒未凛。

眄睐欣然野步稳。漏明墙外，人远鸟音近。漫怨啼鸦传凉讯，阴晴寒暖皆一瞬。

蝶恋花·京城晨雪

（2023年12月11日）

玉屑琼花飞来迅，庭树堆寒，骨清黄叶嫩。昨夜烹羊鲜未尽，今朝茶冷喉犹润。

思入流风卷成阵，往事悠悠，天地方一瞬。对酒含情谁解饮，冬深一寸春一寸。

水调歌头·重上井冈山

（2023 年 12 月 11 日）

序：早晨在首都机场，回忆起 1985 年曾到过井冈山脚下采访，恰已过去三十八年。今日再上井冈山，居然与主席诗中吻合，冥冥中觉天人自有定数。敬畏抒怀以记，那必须是水调歌头。

朝辞帝京雪，午至井冈山。照眼一派秋色，行处尽可观。荡起书生意气，心潮千重万叠，奔涌上笔端。欲诉无头绪，往事浩无边。

天地阔，人易老，事难全。三十八年过去，弹指一挥间。道是芳华尽染，也知后浪逐前，流水不复还。峥嵘所来径，磊落此心甘。

五律·癸卯小寒

（2024 年 1 月 6 日）

近腊颜色少，迎眸唯野松。
清从何处起？春自此时生。
寒彻梅香雅，心凝筋骨轻。
流年无缺憾，依旧一书生。

七律·癸卯小年

（2024 年 2 月 2 日）

序：不觉已是北方农历小年，感岁月静好，各种随缘，遂作平安吟。

常言求闲哪得闲，展眼奔忙到年边。
未待春回先一笑，须随日转享三餐。
浮生自有欣欣意，华发何嫌岁岁添。
心向内观乾坤大，山行高处天地宽。

蓦溪山·甲辰元日

（2024 年 2 月 10 日）

序：甲辰龙年元日，晨起诗意萧疏，修订旧作，又是一番滋味。

凭栏怅望，寂寂寒烟树。老雀绕枯枝，问高楼，几重帘幕。无端踌躇，对景意萧疏，金缕误，梅苑伫，幽士知何处。

适逢元日，黍米和豆煮。回向十方生，篆沉香，佛前祷祝。岁华静美，风暖伴日暄，八苦度，四念处，长在花间住。

水龙吟·甲辰元夕

（2024 年 2 月 24 日）

又是一年春回，山河今夜披锦绣。婵娟在望，和风入户，灯明如昼。喜看升平，赖得饱暖，赋词自寿。想甲子阅过，从容更甚，心自放、意未朽。

万事尽斟杯酒。饮兴高、情能击缶。风霜无惮，光阴堪喜，直待桃柳。底事挂牵，眼明身健，知音常有。良宵深，收敛思怀寄梦，梦攀南斗。

水调歌头·泰安小住杂感

（2024年3月7日）

古郡依山建，历览两千秋。城郭如画，岚云岱色几悠悠。封禅王旗何在，夏耨春耕依旧，声名岂人谋？圣贤不利己，德化遍九州。

晓色青，柳枝瘦，羡沙鸥。廊桥曲折，幽意斜通两岸楼。信步岸边行看，趣在言欢把酒，自在古难求。当年谪仙曲，曾伴泮水流。

五绝·咏玉兰花

（2024年4月1日）

垂丝连城碧，紫玉晚妆新。
枝上春无主，偏得看花人。

潘峙钢卷

作者简介：

潘峙钢　笔名楚轩。太湖世界文化论坛总干事，中国社会工作联合会副主任，《人民日报》环球人物智库主任、中国西方文化艺术交流协会（CWCAA）共同主席，国家开发银行高级专家，深圳金融商会荣誉会长。

七律·寄岁寒友人

（2024 年 8 月 31 日）

远影孤山云怆恍，秋风萧瑟叶飞黄。
林间鸟雀叹枝老，陌上牛羊哀径荒。
幸有佳朋同茶釜，犹无俗客共觥觞。
更欣松柏岁寒友，片片冰心暖夜央。

七律·秋日茶话

（2024 年 8 月 24 日）

山水相依情意长，风梳林壑诉沧桑。
峰峦叠翠争高秀，溪涧潺潺唱未央。
云起龙骧天际舞，雾开虎跃谷中遑。
仙松参日藏千古，乾道无形自韵章。

七律·赠湖湘学子

（2024 年 7 月 17 日）

湘江碧水北方流，岳麓青山入眼眸。
云绕峰峦千叠翠，烟横柳径万丝柔。
渔舟唱晚归帆岸，雁阵声闲旅梦洲。
此地风光无限好，何须远涉觅封侯。

七律·拜谒高平炎帝陵

（2024 年 6 月 29 日）

六月清凉旅建兴，炎陵故里祭高平。
火德承木黜猿始，耒耜精农耕古营。
尝草桑汤济民逸，雅琴奏乐享安宁。
更欣今日风光好，不负姬姜华夏名。

七律·道心惟微

（2024 年 6 月 22 日）

一夜流星昼九州，五千年史半瞋眸。
弦歌深处满斟酒，诗礼尽时空倚楼。
过眼浮云潘鬓老，拥门黄叶杜陵秋。
唯危人欲且消去，道妙心居遍绿洲。

七律·登岳阳楼

（2024 年 5 月 9 日）

梦野之洲①延百里，天隅幕阜②一名楼。
风流③各抒胸中意，俊逸④共吟天下忧。
雁引愁心⑤总不去，乌衔孤愤空为游。
洞庭渔鼓仍无绝，但看今潮汇海流。

注：①梦野之洲：云梦之野。②天隅幕阜：天岳幕阜。③风流：李杜之流。④俊逸：滕子京与范仲淹等。⑤雁引愁心：李白诗句“雁引愁心去”。

七律·除夕回首

（2024 年 2 月 9 日）

岁除夜色已朦胧，月影花溪入绮栊。
爆竹声声绽繁蕊，寒梅朵朵缀初红。
千家万户诉忧喜，九陌十方诗鬼雄。
回首旧年多少事，翩然一梦去惊鸿。

七律·汨罗江观景

（2023 年 12 月 1 日）

江畔青山映彩霞，碧波荡漾绕人家。
风吹杨柳千丝舞，月洒楼台万盏华。
远望渔舟归晚照，近观鸥鹭戏平沙。
此间美景心陶醉，何必天涯觅妙花。

七律·鄱阳湖寄怀

（2023 年 12 月 1 日）

初冬隐幻忽阴晴，挂雪松枝薄衣襟。
杨柳随风翩炫舞，蒹葭和雨抚瑶琴。
晚庭煮酒揽豪气，寒帐烹茶释秽音。
且借鄱阳当墨砚，挥毫穹汉寄驰心。

七律·神农架探寻野人

（2023 年 10 月 27 日）

神农架上峰迤逦，叠翠蜿蜒云断横。
山雀悠啼听林语，金猴闲噪话溪声。
珍稀贵木环湖水，天宝奇花攀峭峥。
宠辱偕忘入仙境，乐寻野者共余生。

七律·战云密布

（2023 年 10 月 12 日）

熏风过耳绕琼楼，犬吠蛐喧闹不休。
几许窗灯不眠夜，一穹玉宇有天愁。
俄乌不绝硝烟舰，巴以犹添逐浪舟。
此恨炎凉同过往，人间何以共金秋。

七律·中秋小思

（2023 年 9 月 29 日）

良辰霜月旧相逢，熠熠星辉映玉宫。
夜色琼瑶人欲醉，秋情桂树户皆同。
佳星已过仙桥会，节令还临稻谷丰。
仰望嫦娥舒广袖，乐观天下有惊鸿。

七律·秋寒忧感

（2023 年 9 月 2 日）

夏去秋来梦未央，风消烈焰草迤黄。
蝉鸣声断折枝柳，雁过影沉拍漭沧。
群岭雾迷花失色，孤峰夜冷月无光。
波云诡谲多寒气，乐与忧兮楼岳阳。

七律·罗刹国人

（2023 年 7 月 27 日）

世态玄机且妙乎，藏言噎语有还无。
蝗虫罗刹多泥偶，蝼蚁江湖少草蒲。
八面玲珑流水宴，九关虎豹落花都。
高墙绿瓦人人羡，不见红楼纸欂栌。

七律·与友岩韵品茗

（2023 年 7 月 10 日）

流金夏夜庭园静，岩韵①清幽潜入心。
树影婆娑霓裳舞，莺啼飘渺画梁音。
松风摇曳拂尘迹，竹雨微茫涤苦吟。
水月镜花堪睹物，檐铃抚弄亦陶琴②。

注：①岩韵：指岩茶特质，即“活、甘、清、香”。②陶琴：指陶令琴，“但识琴中趣，何劳弦上声”。

七律·端午抒怀

（2023 年 6 月 22 日）

汨水江浔透碧纨，风云驾鹤浴兰芳。
榴花三日已消瘦，蕉叶千年犹郁香。
鼙鼓声隆萦麓谷，龙舟鼎沸逐潇湘。
且寻屈子今何在，捧诵《离骚》遍此乡。

七律·平常心

（2023 年 6 月 20 日）

亭榭楼台水中月，镜花幻影惹尘音。
庭前破屋竹篱老，溪畔石桥听古琴。
愁雾密蒙成暮雪，飙风怒吼裂山林。
人生此际何从恃，悲喜平常自在心。

七律·晴雨赋

（2023 年 5 月 30 日）

铁马金戈号角声，驰鞭鸟瞰洛阳城。
朝嚑闳殿汴京客，夕照荆扉儋耳甡。①
每忆烹龙豪杰宴，方愉煮壑小民羹。
与其托醉愁千古，② 未若无晴无雨耕。③

注：①汴京：今开封。儋耳：今儋州，苏轼贬谪地。②愁千古：与君同销万古愁（李白）。③无晴无雨：也无风雨也无晴（苏轼）。

七律·梦蝶飞花

（2023年5月9日）

玉雪冰川逐海龙，群山环抱露青崇。
桑田悦色颜常变，曲水愁容泪已空。
似箭繁花飞冷雨，如鞭垂柳抚清风。
目高有尽知天命，心远无涯蝶梦中。

七律·疏雨落花

（2022年10月29日）

秋日寂寥怜岁华，孤灯孑影对窗纱。
吟蛩切切鸣幽曲，疏雨凄凄吹暮笳。
风卷残云江有岸，帆垂倦鸟海无涯。
谁人知我心中意，独坐空庭数落花。

白守成卷

作者简介

白守成　湖北天门人。原名柏守成。曾在《诗刊》《人民日报》《中华诗词》《中华辞赋》《诗词》等数十家刊物发表新、旧体诗八百余首，出版诗集四部。作品被选入多种版本并多次获奖。现为中华诗词学会、湖北省作家协会会员。

七律·游英西峰林

（2022 年 5 月）

近莅方离天地喧，英西深处隐桃源。
峰林映水青螺卧，荷盖遮田碧浪翻。
山挹仙风生大美，人修善念远千烦。
褰衣醉向池边笑，皓首童心即乐园。

七律·游古龙峡登玻璃栈桥

（2022 年 5 月）

地有奇藏曰古龙，高崖悬栈览千冲。
雾虽笼峡让风逝，矶未生苔待客逢。
放眼前川瀑倾玉，寄怀远岫履凌峰。
何时能共吴刚醉，直上云霄叩九重。

七律·清远飞来湖公园前留照自嘲

（2022 年 7 月）

花甲流年眼半昏，毛衰顶阔扫斯文。
镜中风景夕阳亮，杯里时光浊酒醺。
绿水宜人宽万丈，青山惠我矮三分。
遥知已是尘途客，留片余晖照晚云。

七律·慨我神舟系列接连成功发射

（2022 年 8 月）

一啸干云动九天，往来信步走英贤。
千吟尽诵神舟赋，四海同传大国篇。
探秘攀峰兴社稷，垦星叩月改坤乾。
孰能频约姮娥晤，傲我中华捷足先。

七律·某地学生食堂菜中现鼠头而监管部门未经细查即出伪证为鸭脖

（2023 年 6 月）

史传鹿马笑千秋，鸭脖今兹证鼠头。
巧手能翻云覆雨，谎言欲盖秽淫瓯。
且开谜底民声沸，可见个中猫腻稠。
作伪失监天也愤，法而不法几时休。

七律·庆神舟十五号三杰凯旋

（2023 年 6 月）

欲归麾钺别天宫，万里扶摇一阵风。
三杰腾云惊玉兔，九霄筑屋贯长虹。
神舟梦美路犹远，大野花繁季正葱。
今日凯旋诗酒庆，山河奋臂拥英雄。

七律·频见市井宠狗感吟

（2023 年 7 月）

大街小巷宠频频，宠到痴迷假作真。
称似娇儿呼阿贵，情如爱侣共寒贫。
荒唐世界狗非狗，虚幻功名人上人。
人贱狗尊颠倒日，何来龙马赋精神。

七律·听刀郎新歌《罗刹海市》

（2023 年 7 月）

一曲歌来呼啸风，千钧笔力满雕弓。
台前何以丑为美，幕后谁描黑作红。
屡见时情颠倒里，常闻瓦釜沸腾中。
熙熙引吭鸡驴异，逐利沽名无不同。

五律·步韵王国斌先生《东湖送白君》谢兰子雄先生及诸师友设筵款待余

（2023 年 8 月）

家山多雅意，师友聚东湖。
皓首骚人老，盛宴乡味殊。
情深堪放醉，地异可同竽。
楚粤程虽远，诗轮共梦驱。

五律·忆童年纳凉听祖母说古

（2023年8月）

温高苦夜长，檐下觅清凉。
蒲扇风摇月，竹篱萤泛光。
事奇惊鬼怪，胆小怕豺狼。
蝈蝈声声咏，催人入梦乡。

七绝·过动物园见笼中虎联想

（2023年9月）

几回作恶百禽愁，未料今朝霸气休。
似尔强权天下怨，何时方可一笼收。

七律·借款无还有叹

（2024年1月）

几回外借久无还，底事烦伤脑与肝。
彼急时吾珍里旧，吾需日彼似刁官。
脸皮厚过城墙壁，诚信抛如草纸团。
忽忆莎翁[①]曾有诫，只今徒剩悔和叹。

注：①莎翁，指莎士比亚。他有关于借钱的诫言，大意是：借钱给别人会让你友财两空，向别人借钱会让自己挥霍无度。

七律·网遇少时女同学

（2024 年 1 月）

偶遇屏中仔细瞧，犹存风韵几分娇。
同窗尚有怀痴梦，隔座曾经递纸条。
每醉发间花蝶美，常迷脸上绮霞飘。
小心翼翼晤云际，恐惹糟糠怒火烧。

七律·次陆游《临安春雨初霁》韵纪客居粤地

（2024 年 2 月）

鬓衰似雪映窗纱，已惯风云老岁华。
举步方知双胫软，观书总觉两眸花。
欲凭秃笔修诗赋，乃向来生借酒茶。
每望乡关身是客，吾心乐处即为家。

七律·与马建平刘行方谢顺华刘沉香诸友聚会“竟陵人家”感赋

（2024 年 2 月）

故友重逢乐竟陵，苍苍白发笑声声。
经年已懂时光贵，聚首方知肝胆诚。
纵是桃潭千尺水，不如我等一生情。
今宵人共春风醉，翌日扬帆壮远征。

七绝·表侄史柳莉与吴宁宁新婚有赠

（2024 年 2 月）

有缘千里也联姻，佳偶天成鄂皖亲。
莉莉宁宁百年好，一生一世一双人。

七绝·贺胡彩斌老师荣获十佳师德标兵称号

（2024 年 2 月）

润物无声终有声，十佳德艺榜登名。
他年小树参天日，当记园丁辛苦情。

七律·惊蛰

（2024 年 2 月）

春幕徐开碧落清，风弹雨弄管弦声。
丝丝绦舞杨和柳，处处枝欢燕与莺。
麦织千田铺翠被，牛哞四野闹中耕。
天公助阵一吆喝，唤醒池塘蛙鼓鸣。

七绝·题昙花

（2024 年 4 月）

娇容闭月韵如仙，无意争春斗众妍。
绝世芳华虽刹那，亦留大美在人间。

七绝·逢故友有致

（2024 年 4 月）

流年驹隙不由人，转眼秋风卷暮尘。
幸得逢君桃杏月，关雎吟里识青春。

七律·步韵兰月亮《甲子心语》

（2024 年 4 月）

曲如白雪共阳春，不让须眉才傲人。
诗自推敲方得妙，道经教化更全真。
文章应出闲吟客，福寿当归快活神。
甲子重来二轮后，犹香兰苑涨芳尘。

七律·学路亚用仿生饵试钓有感

（2024 年 5 月）

挂饵抛竿假乱真，绿头花翅仿蝇身。
可怜蚁命丧生计，只叹渊鱼馋嘴唇。
路险常忧钩索密，时乖每见诡行频。
大千世界芸芸里，若论机心莫过人。

阎天际卷

作者简介

阎天际　河南南阳人。在桂林市机关工作，已退休。现为中华诗词学会会员，广西诗词学会常务理事，桂林市诗词楹联学会常务副会长，中国摄影家协会会员，桂林市纪实摄影学会会长。

沁园春·问摄友

（2019 年 11 月 30 日）

白雪无垠，矮岭逶迤，老树几丛。望村烟飘袅，湖边骏马，朝阳静谧，坝上隆冬。摄者云集，长枪短炮，裘帽毡靴步履匆。相约去，定捉光捕影，一展才雄。

江山奇景无穷。令吾辈东西南北中。探新村古寨，春花秋叶，层峦落日，晓雾托红。伴月披星，踏风戏雨，更有痴心上顶峰。青山见，谓我多妩媚，其乐融融！

水调歌头·路

（2021 年 8 月 19 日）

上下五千载，日月耀江流。参横斗转天地，时代谱春秋。多少英雄百姓，演绎人间大爱，奋斗竞自由。漫漫远征路，极目上高楼。

跨山川，沐风雨，未停留。追寻梦想，红旗飘荡永心头。海燕搏击飞浪，稼穑遵循四季，胸阔可行舟。昂首望星汉，大步做“三牛”①。

注：①“三牛”：指老黄牛、孺子牛、拓荒牛。

满江红·漓江雾

（2022年6月7日）

云驭南风，新雨后，盈盈轻雾。施妙曼，扶摇天上，丛丛绿树。碧水茫茫归隐地，青山淡淡飘何处？入香梦，叩玉宇琼楼，寻鸥鹭。

多少年，临岸住，知冷暖，朝夕顾。望轻舟往来，彩霞飞渡。常摄清波成彩照，多得佳句吟诗赋。歌一曲，思念寄亲朋，心如故。

水调歌头·中秋寄情

（2022年9月7日）

一望碧空远，万顷稻田黄。金风尽染阡陌，山水载清凉。又诵苏辛名句，众写万般思绪，微信溢华章。轻问满城桂，何日吐芬芳？

惦亲人，念朋友，忆家乡。人生易老，逾瞬难觅少年郎。看惯云烟聚散，尽览征帆来往，心绪未彷徨。遥瞩初升月，举酒寄衷肠。

浪淘沙·秋访村庄

（2022年10月9日）

田野沁芬芳。一望金黄。农家收稻正秋忙。晒谷场中铺灿烂，笑语飞扬。

今访小村庄，快乐时光。东邻西户叙家常。再问当年拍照处，早建新房。

清平乐·新年阳光

（2023 年 1 月 2 日）

长天如洗，东岭霞光迤。一耀山河千万里，漫送盈盈紫气。

开门捧住阳光，徐徐贴近心房。遥看千帆竞秀，激情已入行囊。

眼儿媚·春到小村

（2023 年 3 月 6 日）

几树桃红绽芬芳，耀目菜花黄。鸟鸣翠柳，雾浮绿水，黑瓦白墙。

牛羊正向盘山路，秀岭沐朝阳。院中老井，塘边深巷，寂静村庄。

清平乐·致五月

（2023 年 5 月 4 日）

雨来五月，万木舒新叶。翠雾柳烟浮绿野，头上鸟鸣喜悦。

江天万类争荣，静观碧水匆匆。老树不甘寂寞，枝芽也漫葱茏。

鹧鸪天·游颐和园

（2023年5月20日）

一望清波衔远岑，无边苇叶向天伸。千丝翠柳依云舞，几对鸳鸯荡水亲。

时雨后，爽风欣，拱桥石舫正凝神。导游侃侃行人伫，指点亭台话古今。

清平乐·难忘高考

（2023年6月9日）

又逢六月，奋笔龙门跃。十载寒窗灯下夜，多少殷殷关切。

也曾考场拼争，启开漫漫征程。今看莘莘学子，来年俱是精英！

鹧鸪天·走进六月

（2023年6月11日）

雨洗江天碧水长，云飞树茂众山苍。万田新绿秧苗壮，千里平原小麦黄。

高考胜，浴兰祥，儿童喜庆好时光。偷闲欲探峰峦秀，灿烂心花一路香。

鹧鸪天·回河南

（2023 年 6 月 16 日）

千里平原六月黄，无边麦浪已归仓。村边杨树参天静，田野农机播种忙。

瓜上市，杏盈筐，老家空气也芬芳。停车借问前行路，只为听听豫北腔。

七律·甘南行

（2023 年 7 月 19 日）

翠岭绵绵望几重？草原千里向长空。
云生百态牛羊漫，雾绕千峰峻峭雄。
古寺轻烟摇往事，当年天险仰前踪。
登高不羡雄鹰近，九曲黄河正向东。

南乡子·乘动车去看海

（2023 年 8 月 19 日）

细雨恋车窗，绿树擦肩最赶忙。一望白云横玉带，呈祥，献与青山饰靓装。

此去向南方，欲探长桥会浩洋。常羡椰林摇碧水，清凉。可伴长风去远航？

七绝·游漓江

（2023 年 8 月 27 日）

群峰弄影入江流，岸树渔村起鹭鸥。
欲近清波浏浅底，喜携心曲荡轻舟。

八声甘州·秋日寄友

（2023 年 10 月 4 日）

览一江碧水向东流，清波载征帆。向青山如聚，层林拥翠，鸥鹭翩跹。风戏金黄稻浪，硕果饰田园。千里香风溢，共望婵娟。

回首蜿蜒足迹，越长川峻岭，大步登攀。沐风霜雨雪，泥水溅衣衫。会朝晖，霞飞云动，放凯歌，红日耀雄关。丹心驻，眺红旗处，正是峰巅。

七绝·倚窗小眺

（2023 年 12 月 11 日）

山青江碧世人夸，绿岸安居是我家。
朝赏轻舟迎细浪，晚欣月弄水中花。

阮郎归·京城会雪

（2023 年 12 月 15 日）

飞花舞絮落身轻，茫茫一色盈。入园欣摄树间亭，喜闻踏雪声。

盯翠鹊，惦亲朋，寒潮已启程。添衣加暖颂安宁，春来再远行。

虞美人·雪霁游园

（2023 年 12 月 19 日）

银光遍洒冬园静，画树长长影。几行脚印记诗痕，冰冻湖心雕绘美斑纹。

风中慢摄悠悠走，酽冷频搓手。林间小雀乐天晴，忽忆儿时村外雪中行。

浪淘沙·晨窗

（2023 年 12 月 21 日）

晨起眺东方，喜会曦光。层楼静立沐朝阳。残雪依依随列树，冬叶鲜黄。

年少赶学堂，行者匆忙。如流车辆汇新航。自信人生追灿烂，写好篇章。

少年游·桂林雪

（2024 年 1 月 23 日）

飘飘洒洒布清淳，落地淡留痕。轻姿妙舞，临窗望户，是处溢欢欣。

多年未见知何处？长望寄诗心。同祝安康，共迎祥瑞，久久品温馨。

眼儿媚·冬日小聚

（2024 年 1 月 31 日）

微雨寒风冷云稠，老友聚江楼。几声呼叫，三番问候。悦满心头。

千杯老酒抒心意，往事话春秋。情随吟诵，乐追传唱，夜色娇柔。

高阳台·年味儿

（2024 年 2 月 3 日）

细雨流连，冬云漫步，群峰依旧青苍。鸥鹭翩翩，迎风飞向何方？梅花占尽园中俏，献缤纷，静溢幽香。望归程，滚滚车流，快向家乡。

盈盈喜庆红灯挂，正千家万户，瑞满厅堂。老酒开坛，礼包已奉爹娘。春联长颂阖家乐，老友欢，相聚情长。小年临，祝语频频，共话吉祥。

踏莎行·农具节

（2024 年 3 月 14 日）

群舞嬉春，游龙献瑞，长街万人欣相会。接肩摩踵动欢情，歌声隐隐抒心慰。

千铺逶迤，万商融汇，竹编木制排摊位。香茶甜酒待亲朋，喜约长岭观芳卉。

南乡子·春雨

（2024 年 3 月 14 日）

细雨漫朦胧，难数青山有几重。烟水载舟长望小，飞空，俊鸟声声无影踪。

阡陌正青葱，长岭桃花已绽红。日日倚窗约好友，从容，静待晴明路路通。

七绝·望訾洲

（2024 年 3 月 23 日）

朝迎红日晚披霞，新绿浅红雨更佳。
隔岸竹林听翠鸟，一壶漓水煮新茶。

七绝·春到茶园

（2024 年 3 月 28 日）

春临秀岭翠无涯，轻雾娇柔动碧纱。
几点桃红添雨色，村姑何日采新茶？

青玉案·大院赏春

（2024 年 4 月 5 日）

柳芽轻摆丝丝巧，最引目，桃花俏。小瞩林梢鸣俊鸟。玉兰新绽，海棠微笑，最喜星花小。

春来四月寒风少，总有千枝不知晓。可待茵茵铺秀草？云播时雨，暖阳光照，绿满抒心调。

七律·春日登长城

（2024 年 4 月 14 日）

几回梦遇叹恢宏，今日登临试腿功。
山野林丛犹未绿，路边桃蕊已施红。
玉龙腾跃飞千仞，长岭奔逐越几重？
登顶静观天地阔，风吹衣摆唱英雄。

清平乐·游北海涠洲岛

（2024 年 5 月 30 日）

海风送爽，滩变随潮涨。喧闹游人欣踏浪，喜眺水宽天旷。

蕉林夏树葱茏，新村香路相通。向晚临窗小坐，飞霞正染云红。

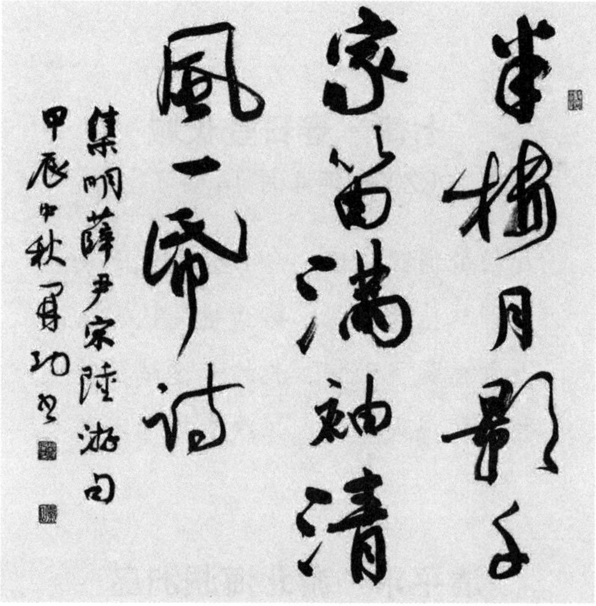

魏开功　书

游世学卷

作者简介

游世学　湖北天门人。北京中科汇联科技股份有限公司董事长，中国中小企业协会副会长，北京软件和信息服务业协会副会长，北京市海淀工商联执委，北京湖北企业商会副会长，工信部特聘人工智能专家，北京书法家协会会员，中国硬笔书法家协会会员。

五绝·早梅

（2016 年 2 月）

春信香深雪，冰肌瘦骨绝。
梅花不可知，何处东风约。

七绝·海棠花

（2017 年 4 月）

红霞淡艳媚妆水，万朵千峰映碧垂。
一夜东风吹雨过，满城春色在天辉。

渔家傲·兰亭雅集

（2020 年 3 月）

水沉烟霞觞酒满，风流不住行云远。一曲阑干倚遍，人间怨，兰舟下月清歌扇。

有意相逢时候晚，春归去路长亭馆。天气平生白首看，芳菲宴，流觞曲水兰亭畔。

江城子·思故乡

（2020 年 3 月）

一年容易又秋分，怕黄昏，暗销魂。细雨斜风，何计遣余春。旧恨新愁都剪断，红泪渍，粉香匀。

天公作意巧妆匀，倩谁人，画眉颦。瘦影横斜，无语暗伤神。为报玉堂仙伯姊，来伴我，醉金樽。

卜算子·飞雪

（2022 年 1 月）

自笑一生痴，恰似双双蝶。雨雨风风不肯晴，梦里贪欢悦。

欲去又思归，独夜灯明灭。帘外无言立小廊，满地堆残雪。

五律·张家湖春意

（2023 年 5 月）

柳色青无际，烟光碧映波。
莺声随水远，鱼影入云多。
日午人争渡，风恬女弄歌。
江南芳草地，游客忆渔蓑。

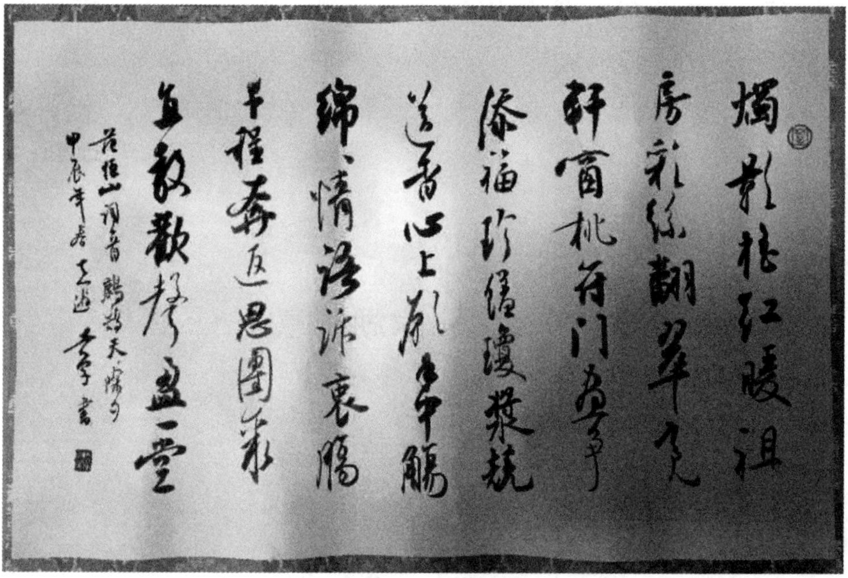

游世学书范恒山《鹧鸪天·端午》

潘友祥卷

作者简介

潘友祥　湖南常德人。现长住长沙，微信名芳洲。穿过绿军装，垦过湖边荒。饮过粉笔末，坐过机关房。领取退休金，学步打油张。作品散见于国内多种报纸杂志及微信刊。现为湖南省诗词协会会员，常德市诗词协会会员，竹韵汉诗协会会员。

五律·老人用上了智能机

（2022 年 1 月 18 日）

何物可消愁，华为随我游。
点屏看世界，挥指写春秋。
网弈十分趣，晨吟百度搜。
谁言霜发老，掌上竞风流。

七律·寻春

（2022 年 3 月 18 日）

邀朋沿港去寻春，扑鼻芳香满目新。
柳舞嫩丝撩笑客，桃开粉蕊染红巾。
堤边俏媪翩翩舞，芳径青年悄悄亲。
日暮人归我忘返，依然咔咔举机频。

七律·抗洪英雄颂

（2022 年 8 月 9 日）

雨助洪魔肆虐时，昼宵鏖战展英姿。
冲锋舟破冲天浪，方便面充空腹饥。
才救乡民离险境，又扛沙袋解堤危。
力衰体脏闻谁怨？一往无前带汗飞。

七律·冬望

（2022 年 12 月 18 日）

谁持银粉漫天舞，一夜人间一片皑。
岸柳迎风皤发硬，青山裹玉腊蛇偎。
未闻林鸟煽情曲，却见寒园玩雪孩。
冰弹穿梭飞笑语，群童心坎已春回。

七律·元旦抒怀

（2023 年 1 月 1 日）

新历翻开新一面，轮回岁月又春光。
残年不肯享安逸，羸老还求赋拙章。
抑浊扬清情更切，采风览胜步犹忙。
挥毫勾住西沉日，漫品繁华醉夕阳。

鹧鸪天·月下春江游

（2023 年 4 月 9 日）

笑语盈江曲荡扬，长舟短艇赏春光。
灯如幻影映城彩，月似纯银铺晚装。
汀柳绿，岸花黄。奇峰如画岛辉煌。
醉迷山水洲城美，疑是今宵误入杭。

七绝·山乡四月天

（2023 年 4 月 13 日）

布谷声声曙色妍，躬身笑语遍梯田。
倾情织就山乡锦，满腹希望又点燃。

七绝·清洁工

（2023 年 5 月 1 日）

热汗一身泥一身，青丝扫到满头银。
纵然吃尽千般苦，也让人间无垢尘。

七律·江畔掠影

（2023 年 5 月 12 日）

夕阳悄悄躲西丘，远近峦峰色更柔。
波吻冰轮天入港，风扬碧浪水摇舟。
舒眸江畔探戈舞，回首额间沟壑稠。
趁兴开机掠奇影，抖音一发万人搜。

七绝·童年游戏

（2023 年 5 月 31 日）

踏歌结伴小河沿，嫩手趁风推纸船。
且把心声托舟去，飞游直抵白云天。

七绝·盆景松

（2023 年 6 月 18 日）

可怜本是栋梁材，却置盆中摆露台。
纵想伸腰向天挺，举头便有剪刀来。

七绝·夕望

（2023 年 7 月 15 日）

斜阳悄悄躲前峰，弯月低低挂前空。
最是江心情侣鸟，双双飞到晚霞中。

七绝·雨荷

（2023 年 7 月 18 日）

玉润叮咚敲碧盘，凡尘洗尽满池鲜。
人心若似青荷静，名利无非一片烟。

七绝·莲湖掠影

（2023 年 7 月 26 日）

舒目蜿蜒碧未穷，村姑隐入伞林中。
闻歌呼唤伸头笑，粉脸荷花相映红。

七绝·吟石磨

（2023 年 8 月 15 日）

吞粗吐细昼宵磨，一路飞旋一路歌。
为使人间入喉爽，纵然累瘦又如何。

七绝·幼时窗口望月亮

（2023 年 8 月 17 日）

胖时宛若镜儿圆，瘦后犹如小木船。
料是自家心爱物，晴宵总在我窗悬。

七绝·竹

（2023 年 8 月 24 日）

自逞身高期小苗，遮阳霸露摔残条。
休看晴日满园挺，风暴摧来尽哈腰。

长相思·送别

（2023 年 8 月 25 日）

过一亭，又一亭。娘送孩儿去远征。偷偷拭泪睛。
左叮咛，右叮咛。冷暖休忘衣减增。辱荣心不惊。

长相思·开学季

（2023 年 9 月 1 日）

笑声飘，领巾飘。来校群童如涌潮，勾吾忆似涛。
昏灯摇，缝书包。娘把希望用线缭，望儿飞得高。

七律·乡愁

（2023 年 9 月 16 日）

落红白絮漫天扬，心伴飞花向远方。
眺望黄山情切切，遥听虎渡意茫茫。
乡音悦耳随风绕，酱卤沾唇沁脾香。
日隐人归禽影尽，邀谁与我诉愁肠？

七绝·秋雨之留守儿童

（2023 年 9 月 27 日）

午夜空楼梦不成，秋风吹叶也心惊。
叮咚雨点敲窗响，疑是娘归侧耳听。

七绝·蚊香

（2024 年 2 月 6 日）

屈卧盘中紧靠墙，驱蚊何惧自身伤。
纵然一夜化灰烬，换得人间绮梦长。

七绝·离别

（2024 年 2 月 16 日）

元宵节过便辞行，夜理箱囊将远征。
冷看爱妻难入寐，厨房灯火早通明。

七绝·水

（2024 年 3 月 2 日）

欣从高处往低流，脚步不停歌不休。
任尔飙风雷雨急，奔腾入海不回头。

鹧鸪天·三八夸老妻

（2024 年 3 月 8 日）

合力倾心筑小家，寒门携手度年华。
坡前谈笑同挥铲，荷畔依偎共赏霞。
陪二老，抚三娃。午宵灯下纺棉纱。
休看今日朱颜改，年少堪称一枝花。

七律·春赏桃峰

（2024 年 3 月 15 日）

一路东风一路车，桃花峰上赏桃花。
飘飘红缎连青岭，闪闪鳞波染粉霞。

郁馥撩来群蝶舞，娇颜诱得众声夸。
欣挑最艳两三朵，送给心中那个丫。

注：飘飘红缎：风吹桃林，远望像块飘动的红色绸缎。

七绝·一次性碗

（2024 年 3 月 29 日）

满腹佳肴慰客肠，多情却让寡情伤。
才将玉面轻轻吻，又被抛于垃圾箱。

七绝·回乡有寄

（2024 年 3 月 29 日）

一路芳菲一路车，家乡靓女采新茶。
曾经多少青春梦，恰似天边那片霞。

七绝·架线电工颂

（2024 年 5 月 1 日）

披霞顶露半空悬，茧手巧将银线牵。
乐在遥程送光亮，电绳架到白云边。

七绝·晚归

（2024 年 5 月 19 日）

孤影荷锄回寂门，相迎唯有阿黄[①]奔。
忽闻铃响忙揩脸，生怕频聊显泪痕。

注：①阿黄：看家的大黄犬。

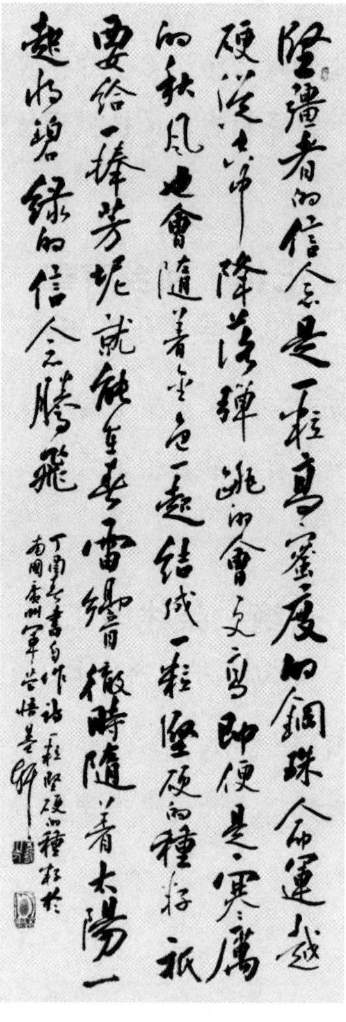

朱墨　书

现代篇

范秀山卷

作者简介

范秀山　湖北天门人。笔名野雄性株。中国作家协会、中国诗歌学会和北京市作家协会、内蒙古自治区作家协会会员，曾任中国电力作家协会副主席。出版诗集《花语》《蓝月亮》《若隐若现》。作品入选《祖国万岁》等十多个诗选卷本。荣获第二届《奔流》文学诗歌奖和《九天文学》2020 年度优秀作家奖。

写在大孙女范筠冰七周岁生日之际（组诗）

（2023 年 4 月 24 日）

结束与开始

一个幼儿园孩子的稚气即将结束
一本小学生的字典马上就要诵读
在西红门幼儿园的毕业典礼上
你站在主席台上，代表着那么多双的眼睛
开始阅读美丽的花朵和雨水的经历

在你和小朋友的意境中
灰姑娘早已穿上了五彩缤纷的长裙
小红帽也懂得了扬长避短
小猪稀里呼噜的智慧得到了充分发扬
……
那时正是早上的九点钟
炼钢人的马车正由东方驶来
在全体老师的注目下
你们的歌声热情而嘹亮

或许，这是一种结束，更是一种开始
美人鱼的憧憬中写上了大海的名字
太阳抑或月亮正在长大
在习习的秋风之中

一双双翅膀就这么扶摇而上

一种荣誉已经铸就

太阳是蓝天的荣誉
高山是大地的荣誉
花朵是春天的荣誉
而你，是我们长辈的荣誉

所有的荣誉都与你的努力分不开
一个用汗水和勤劳收获时光的小姑娘——
“百题竞技”超级王者
五子棋进入前四名
北京电视台春节特别节目优秀小主持人
华北赛区搏击冠军
语文数学作业小榜样
……
一个用春天打造春天的使者
一个用荣誉连接荣誉的小小火炬手

其实，荣誉就像是一只艳丽的蝴蝶
在四季中锻造她五颜六色的翅膀

在方格中散步

四宫格、五宫格……九宫格
在横线和竖线构成的土地上
可以种上花草和果树，也可种上思想和激情

你在北京少年宫的方格中玩耍着数字
奇思妙想的界面隐藏着许多童话

数独，是一个无法回避趣味的游戏
逻辑推理的结果需要耐心、观察、专注和记忆
你用一到九的数字
搭建蓝天和大海，春天与秋天
你的手指划过
所有的命题都悄然无踪

在方格中徜徉的结果就是找到了迷宫的出口
你在咯咯的欢笑中前行
谁给小天才送来丰盛的晚餐
北京少年宫的芳草地上
许多探头探脑的小花朵会告诉你答案

小小达人的故事

小小王者荣耀归来
身穿五彩的羽衣
手持一根花仙子的魔法棒
把所有数字的奥秘都抛向身后

“百题竞技”的小王者
用稚嫩而有力的脚和手
攀向每一级台阶
而在高处微笑的你

不经意间萌化了整个秋天

在首都师范大学实验小学一（三）班的光荣榜上
变化的是每一个科目
不变的是你的名字和你名字上的光环
数学、语文、戏剧……
在你的眼中都是诗与画的影像
素描开始后
所有的风景都鲜活起来

一个小姑娘
就这样撰写了一本“小达人”的故事
我们无须过分地关注
因为每一个字符都有它沉甸甸的分量

用五子棋度量经纬

在横竖相交的光阴中
可以用一枚黑
也可以用一枚白进行哲学思考
你用智慧的小脑袋
总是出其不意地进行布局或者突围
让黑更黑，使白更白

那天，在西红门幼儿园的擂台上
你身穿米黄色镶着宽青边的上衣
下着一袭青色的长裙

让汉服的味道与春花一样醇香
灵巧的手指，把棋子织成五子连珠的形式
安静中的搏杀
格外地撼动心脉
就这么微微一笑
你就站在了前四名的领奖台上

一块四四方方的木板
却隐藏着经天纬地的风雷
目光与手指交织，智慧与哲学结缘
你用经线和纬线编织的梦境里
时空是一片锦绣

线条构成的家乡美

火车、麦地，金灿灿的油菜花
风轮、水车，剪雨的燕子
小溪、钟楼，还有穿云的铁塔与银线
……
你把五彩的颜料泼洒在家乡的原野上
不知是你的画成就了家乡的美
还是家乡的美成就了你的画
和谐俏皮的线条
把太阳画得很红，把月亮画得很亮

站在你的画作《家乡美》面前
爷爷突然有了浓浓的乡愁

写在小孙女范筠瑾周岁生日之际（组诗）

（2023 年 4 月 24 日）

四月二十四日

一个雕写在时间年轮上的幸福时刻
一个特别而又特别的日子
那个时候
阳光和煦，春风浩荡，万物蓬勃
突然，一声响亮的啼哭
打破了时空的宁静与妖娆
宣告了一个小天使的诞生
小小范筠瑾扇动她那双洁白的翅膀
来到了美丽的人间，来到了范家的庭园
从此
欢声笑语就荡漾在春夏秋冬

你乌黑浓密的头发
有了白云的姿态与细雨的呢喃
你弯弯细长的月牙儿
让某些植物的叶子集体失语
你大而漆黑的眼珠
探寻着世界的五颜六色
你小巧秀气的鼻子
彰显着生命的活力与童趣
你娇小玲珑的耳朵
宛如小贝壳弹奏着大海的音乐

你红嘟嘟的嘴唇
让我们听到了春天花开的声音
你娇嫩红润的小脸
毫无保留地诠释了出水芙蓉的含义
你舞动的小腿小脚
让整个时空和光线都明亮起来
……
小小孙女
你的到来，天为之自豪，地为之骄傲
你的出生，携带着太阳和月亮
让希望与美丽成为光阴的两极
小小孙女，四月二十四日
你来到了这个美丽的世界
却让我们拥有了一个更加美丽丰富的新世界

萌

像春天里的第一声鸟啼
像湖面盛开的第一朵涟漪
像枝头的第一个花苞或是第一株嫩芽
像天空的第一缕晨光或是第一抹朝霞
……
你似笑非笑，似皱非皱，似说非说
一个刻意的抑或不经意的鬼脸
便萌翻了时光，萌化了不快
萌萌的小女孩
在你的面前，我们所有的笑声没有了底线

我们所有的矜持都荡然无踪

是哪位神仙把你送来人间
给每一位长辈和家人带来你收藏的珠宝
你把闪闪的星辰送给亲人
你把太阳的光辉送给大家
你把月亮的微笑送到每一个人的心坎
……

你呀
就是这么一个萌萌哒的小女孩

逗爷爷

你坐在爷爷的膝盖上
用有力的小腿踢一下沙发
爷爷说：嘿，你不能这样
于是，你就咯咯地笑了起来
你再次抬起小腿，再次踢一踢沙发
爷爷说：嘿，你不能这样
于是，你又咯咯地笑了起来
你逗着爷爷，不断地踢着沙发
你的笑声连着笑声
爷爷的幸福接着幸福

我们难以想象，一个只有十个多月的小孩童
用她的聪明与睿智

把她六十多岁的爷爷耍得团团转
你用无形的丝线
捆绑着爷爷的思想
你用花仙子的魔法棒
把爷爷陈旧的心点化成一颗童心
在你和爷爷笑声的感染下
秋水笑了，雪花笑了，风也笑了
连光阴都笑了

咿呀学语

你唱出的每一个音符
都可以在二十六个拼音字母里找到她的踪迹
有我们听得懂的，也有我们听不懂的
但每一个含糊的语言
都给大家一种惊诧
更是一种天籁
你从第一声啼哭到复杂的咿呀学语
都遵循着一个小小女童成长时欢呼的历程

你用哇哇的哭声提出要求
你用咯咯的笑声表达欢愉和高兴
你用“嗯—啊”的叫声说出了不满和愤怒
你用肢体和声音的结合
把某些难解的命题准确地表述出来
无论是叽叽喳喳，还是奶声奶气
都是黄莺在枝头的歌唱

洋洋盈耳的意境里有夏风掠过荷花的容颜

一个追求游鱼出听的小女童
就这样走在四季长满鲜花的大道上

爬行

在客厅里爬行，在卧室里爬行
在小区的空地上爬行
两只小手向前攀，一双膝盖用力地蹭
你爬行的速度和力度
让大家惊讶和欢呼
我们都知道，天地之大
任你逍遥地爬行

你认准的方向和目标
是好奇，是探索
是一种稚嫩的坚韧和坚强
有的时候，出现了东倒西歪的过程
你马上调整姿势
勇敢地再次向前、向前、向前

爬行，是一个个儿童成长的必修课
你却让这个课程过于萌动、自信
过于吸引亲朋好友的目光
在你爬行的世界里
有万紫千红的里程碑

有一种回味氤氲了过往

蹦蹦跳跳

在床上、在地上、在蹦床上……
你用有力的小腿蹦蹦跳跳
伴随着独有的尖叫声
把自己的舞姿跳成如诗如画的童年

每一次的跳跃
都充满着灵动和生命的活力
每一次的蹦跳
都看到了花树在摇曳生姿

无拘无束的个性
有着梦幻般的魔力和憧憬
纯真无邪的年龄
把光阴跳成一副可爱的样子

蹦蹦跳跳真可爱
你的每一次的跳跃
都有一种向上又向上的冲动
童年如此美好，时间如此美好

朱墨卷

作者简介

朱墨　湖北仙桃人。著名军旅艺术家，作家、诗人。中国散文学会会员。2008 年获国家扶贫公益典范称号。2017 年 4 月，应邀在联合国总部和美国分别举办诗书画作品展。2019 年，应邀在日本举办“中日永和”个人书画展，获日本东京画院院士称号。出版有《我活了一千年》《朱思墨迹》等专著。

和平万岁

（2017 年 4 月 20 日）

站在联合国广场
　破碎的地球前
我眼前浮现出
　未来人类
　　一幕幕美好
不同肤色的人们
　手牵着手
　　在一起载歌载舞
无数的新人类
　相拥在一起
　　把阳光共享
满天的和平鸽
　与白云一起
　　快乐翱翔
尽管现今我们
　所处的时空
还有一些地域
　炮声隆隆
　　尸横战场
尽管还时刻有
初生的孩子

来到人间
就不再有爹娘
尽管美好的那一天
离我们还很遥远
但只要我们
把枪炮塞进炉膛
化为一根根铁轨钢梁
把坦克铸成
一枝枝橄榄
美好的地球
就不再是梦想
世界的美好
在和平的歌声中
就有希望

带上春风去追你

（2017 年 3 月 26 日）

我在春天
清风摇曳蕉影的清晨
捧一束丹卉的芬芳
摘一片淌着清露的榕叶
在春风徜徉的路口
带上春风去追你

我在春天

木棉燃烧的细雨中
穿过榕林
披一身火红
守候在珠江岸边
带上春风去追你

我在春天
金菜花接霞的黄昏
于山头田埂
踏着夕阳芳草
徜徉在金黄的诗行
带上春风去追你

珠水为你欢唱
云燕为你起舞
木棉为你织上锦帐
把满目春风遍地欢歌
送给你

蓉古镇的老石板路

（2013年8月）

静静地卧在
岁月的巷道
笃诚的负载
每一旅行囊

把每一则故事
讲给月亮太阳
即便是
千年的往事
也仅仅只是
巷道石角
一溜斜阳

我想带上春风

（2017年2月17日）

我知道
春天来了
　夏天就不会太远
当我的脚步跨进夏天时
　我想带上春风
在夏日那个雪白的月夜
坐在村头盛开的荷塘旁
　抚一管金笛
让她为我擦去一身酷暑

我知道
夏天来了
　秋天就不会太远
我想带上春风
　让她把金黄的枝头缀满鲜花

在我品尝成熟的果实时
欣赏花的芬芳
　该是多么甜美

我知道
秋天来了
　冬天就不会太远
在我跨进冬天时
　我想带上春风
在那个漫天银白的世界里
　温一壶美酒
邀蝴蝶与雪花一道起舞
那该是一幅多么温暖的画图

我知道
冬天来了
　春天就不会太远

聆听雷的坦荡

（2015 年 5 月 20 日）

聆听雷的坦荡
领略雨的奔放
将心胸放飞天宇
　和着雷声一起欢唱
将豪情汇入珠江

与碧水一道成浪
待到雷息雨住时
你的心亦如
这雨后的天空
净阔爽朗

嘻嘻我自赏荷去

（2010年10月）

沐几缕清风
赏几塘翠荷
品几腔香莲
观几条小鱼
此番境界今有几人能及

世事团团
恼脑晕晕
都市喧喧
人群挤挤
此境藏有多少时人
为权为利的玄机

君不知人生百年宇宙瞬息
母生吾体未曾带
天收吾身哪能携
食不过三餐

宿不越一躯
两眼一闭
那权那财
哪属我来哪属你

君不见
那千古豪坟存几许
皆为风吹雨淋去
几人知
足下黄泥掩君帝
只知面上草萋萋
那石勒的碑
那玉塑的躯
几人观来几人觑
到头来
灰飞烟灭向天际
震裂风化沉地底

管他那
耀眼的金印
堂皇的龙椅
酒色的靡丽
雕床的妖迷
留与他人撕扯去

嘻嘻
我自赏荷去

种诗

（2016 年 10 月 27 日）

我的心
　并不是
　　一块肥沃的土地
只是为了
　不让他长草
所以我总不停地
　给他种诗
虽然我的诗
　长得并不葳蕤
但总比
　长草要好
每天种
　每天长
总有一天会茁壮

我是沙

（1993 年 10 月）

我的灵魂
　是一尊坚硬的石头
　　搁置在咸湿的海滩
任由海浪疯狂地摔打
任由太阳恣意地切割

心甘情愿地
任其把我碰撞成颗粒
　汇入金色的海滩
与其说
站在高山之巅
　忍受风雨雷电的鞭打
　　让人仰望
站在广场
　任由锤锥雕琢成非我
　　接受虚伪的朝拜
倒不如
　将自己碰撞成
　　一片金色的海滩
接受阳光温暖的抚摸
倾听海浪澎湃的歌声
来得尊严而又自在

火焰

（1986年10月）

既然我敏感的眼睛
　捕捉到了你
从眼前
　一闪而过的火焰
那我就索性
　将身体里的

每一根骨头抽出
将你的火焰承接
让她将我身体里的
每一个细胞煮沸
让我的灵魂随着这
烟雾一起腾飞

即便这火焰
只是六月正午
短时的灼热
即将滑向夕阳
被黑色淹没
我也心甘情愿

将时光叠好

（2017 年 2 月 7 日）

将零碎的时光
一片片拾起
整齐地叠放在
岁月的锦囊

月明如昼时
抽取一片
就着一杯浊酒
和李杜一起吟月

诗酒成行

风清日丽时
抽取一片
就着一杯清茶
随着茗香升起的氤氲
追赶浪漫的云头

鸿儒三五相聚时
抽取一片
就着雅兴
寄一首快乐给远方

诗兴畅然时
抽取一片
就着一片片简牍
尽情地将性灵牧放

只要细心地收拾
每一片时光
都会是
人生美好的时光

一粒坚硬的种子

（2017 年 2 月 18 日）

坚强者的信念
　是一粒高密度的钢珠
命运越硬
从空中降落
　弹跳得会越高

即便是寒冽的秋风
也会随着金色一起
　结成一粒坚硬的种子

只要给一捧芳泥
就会在春雷响彻时
随着太阳一起
　将碧绿的信念腾飞

将红棉嫁给雪花

（2017 年 2 月 26 日）

我在南国的木棉花里
　把天空点燃
你在北国的皑皑雪中
　把大地塑白
若说北国的红梅

与雪花的联袂
是天地间
已然的佳美
再来一场
红棉与雪花
的恋爱那又何妨

若红棉牵手雪花
走进北国圣洁的殿堂
该是天地间
何等浩气的浪漫

我愿将这红棉
连同这笔下的世界
一起嫁给雪花

墙角数枝菊

（2000 年 10 月）

墙角数枝菊
经霜色更奇
木篱关不住
香外又香里
稚童欲折去
邻伯要植移
我言花谢后

把籽送众里
待到明年秋
花香满街起

佝偻的父亲

（1988 年 10 月）

这夜月明如昼
枝头的蝉已睡去
风也不知去了何方
只有村头的狗偶吠几声
不时有猫追来窜去
我陪父亲
坐在屋前禾场的石磙上

父亲头已花白
白似天空中的这轮明月
父亲佝偻的腰前倾如弓
　吧嗒着忽明忽暗的土烟
月光下他的身影
勾腰驼背苍老
再也驮不动浑浊的眼光

有一天
父亲终归要
汇于泥土

没于草莽
走出我的视线

这夜
我不想用泪水把他排列
我只想让我坚实的词句
　列队把他检阅
检阅他
蓑笠的田埂
喝鞭的犁耙
扁担的禾场
汗下的银镰

父亲淌着汗从暮色的田头归来
像颗颗银光闪烁的珍珠
咔咔地站立在纸上
满纸都是父亲的汗香

父亲的伟大
在纸上由珍珠列成磅礴
铸就我生命坚实的臂膀

父亲的头白
天空的月白
汗珠的洁白
纸太轻太薄

载不动父亲
爱的海勤的山

父亲的每一滴汗
都是闪光的珍珠
都是勤劳和爱的凝聚

这夜
天上的明月
父亲头顶上的明月
都是引领我向前的明灯

故乡堤旁的荆丛

（1986年3月）

假如你是故乡门前
　蜿蜒大堤旁
装饰柳林的一幕幕春雨
我就是堤脚那一簇杂然的荆丛
你柔蒙的薄雾
就是我温馨的梦

冬天
你是晶莹高洁的天使
塑白了天地一色
寒风掠过田野

我凝望着漫天飞舞的雪花
努力寻找那一朵
　你飘逸的倩影

我漫步堤边静静流淌的河岸
细数雨中滴落在水面的
　圈圈忧伤
徘徊在堤脊的左岸右岸
抚摸你在风中翻卷的惆怅

细雨中摇曳的柳梢
　是故乡我心的荡漾
天空中飘逸的白云
　是我对远方亲人的祈祷
我忘不了柳荫下
　擦一把汗后
　　父亲黝黑微笑的脸庞
忘不了皎皎月影里
　母亲奶儿的胸膛

雪花飘洒依然
无数朵梅卉也随风飘落
与洁白融为一色
我躬身捧起洒落的悲哀
用心收藏这满腔的惆怅

夜已阑珊
独对月光捧一杯浊酒
酒香在晚风中腾出缕缕思雾
涂抹着你我相约的梦境
物是人非
为何情至深处更惆怅

独步堤脊
静听雪花敲打两岸的枯枝
相信灵的呼应
那令我悸动的瞬间
一定也在你心中奔跳

假如你是故乡
　蜿蜒长堤上的一幕细雨
我就是你堤脚下
　那一簇
　　杂然的荆丛
我是你无时无刻
　不在跳动的脉搏

胡同　夜雨　栀子花

（1988年3月）

灰黑的夜
　月有些朦胧

不时有几缕
湿润的清风
　从胡同掠过

昏黄的路灯
陪伴着
　斑斓的月光
零星地洒落在胡同
湿润而又古老的
　石板上

不时有
　几片树叶
　　从天上飞来
就着这斑斓的石板
　安然地躺下

两只花猫
　一前一后
从胡同的这边
　追到那边
只留下
　一道黑影
　　和几声欢叫

夜色

几乎锁住了
胡同两边
所有的门窗

经过的院里
不时传来
温馨的笑声
和龙井茶的
淡淡清香

从小芳的
窗前经过
止不住
踮起脚尖
勾起头
让痴情的
目光漫飞
她在昏黄灯光下
读书的模样
像一幅
美丽的画卷
牢牢地
刻在了心间

她家小院
洁白　盛开　清香的栀子花

已有几枝
　伸出墙外
经不住花的诱惑
　摘下一朵
悄悄地
　捧在手中

胡同那头
门缝里
　飘出的白发
是母亲
　饺子的香味
　　在向我招手

朱墨　画

张才卷

作者简介

张才　山西平定人。号冠山痴者，别署长天一如，天涯散人。空军功勋飞行员、教官。中国书法家协会会员，苏通海印社理事。先后发表书法篆刻品数百件，出版书法篆刻写真集《追风揽日》。曾多次获书法大赛奖，刻石于神墨、翰园、长城等碑林名胜。其作品被中央美院陈列馆、毛主席纪念堂、鲁迅纪念馆收藏。

母亲周年祭

莫要嬉笑，
莫要打闹，
亲爱的妈妈刚刚睡着。
八十九年的人生旅途，
养育了七女四男受尽煎熬。
每日里为儿女争分夺秒，
从深夜忙到拂晓。
为了让儿女穿一双新鞋，
光鞋底就得纳上两摞，
在昏暗的土窑洞里，
在一盏不亮的煤油灯下，
一针一线地辛勤劳作，
儿至今无时无刻地不在脑海里萦绕。
夸张的变形，
纯朴的灵性，
精美的绣花，
奇巧的构思，
一幅幅百花齐放的迎春剪纸，
一张张千秋万代的民族风情，
无不展示着母亲的心灵手巧。
耳濡目染的言传身教，
也赋予儿孙们某些艺术细胞。

日复一日，
年复一年，
银霜染白鬓角，
呕心沥血日渐衰老，
从不指望儿女有多大的回报。
将一生的寄托装在心窝，
当孩子们稍有成就，
您满脸露出的只有希冀与美好，
从不计较儿女们的不当闪抛。
此时，
我仿佛听到妈妈在沙坡头呼叫，
三小、三小①，
和蔼可亲的呼唤冲破云霄！
当我云中归来，
亲爱的母亲将我揽入怀抱，
慈祥的双眸充满了喜悦与自豪。
伟大的母爱，
千古名标，
此刻亲爱的妈妈已经睡着，
睡得那样香、那样甜，
脸上泛起了轻轻的微笑。
莫不是您已经看到，
儿孙们正簇拥着您，
在苍松翠柏的鲜花丛中将您拥抱！
亲爱的妈妈，
您永远和我们在一起，

永远是孩子们心中的一轮红日，
闪耀高照！

注：①三小：作者乳名。2014年3月21日三小哀挽。

悼于振武司令[1]

悲泣长空，
哀洒青山，
忽闻噩耗惊难言。
将军去，
摧心肝。
从容风度，
爽朗言谈，
分明如昨笑颜欢。
今挽别，
难相见，
寄你忠魂，
慰你赤胆，
后继群鹰啸高天。
裂苍穹，
敌胆寒。

注：①于振武：原空军司令员，上将，作者的老首长。

七一颂

石破天惊，

扬帆起南湖，
抗倭反蒋血浸透。
似黄河咆哮，
如昆仑昂首。
新中国，
长城铸就尔血肉。
任沧海横流，
更阑干北斗。
港澳台，
共携手，
撑起擎天柱，
将狂澜抛后。
东方白，
看中华雄立宇宙。

月亮

天上有个月亮，
心里有个月亮。
天上的月亮在水里，
心里的月亮在天上。
低头看水里，
抬头望天上。
心月相辉映，
思旷心神往。

一个在心里，
一个在天上。
月亮，
月亮，
你的名字，
好圆，
好亮！

早晨

浅滋味，
深体会，
抿一口细细回味，
缥缈的香气令人沉醉。
漫漫人生，
等久了是一种疲惫。
赶路的人，
仍在奔忙。
散淡的人，
来去终归。
一觉醒来，
静听楼下花丛中的鸟语。
看雾霾渐渐散去，
滤尽梦幻的清晨，
是一杯杯清水！

唱和篇

❖ 和范恒山《七律·河南水患》

次韵范恒山会长《七律·河南水患》

傅东渔

天崩大雨势难收，借石女娲兴九州。
龙战飞麟淹牧野，鹊衔瑞草荐轩丘。
横流沧海英雄出，郑卫弦歌麋鹿游。
人道河清圣人现，禹平四共渎筵羞。

步韵恒山兄《七律·河南水患》

周　维

许是蛟龙恶未收，天穹捅漏灌中州。
楼如船艇漂瀛海，人若鱼鳖覆水丘。
热血殷殷涛里涌，激流滚滚浪尘游。
禹神十万洪魔退，犒赏英雄宴百羞。

步韵恒山兄《七律·河南水患》

甘海斌

玄冥作祟禹疏收，任尔兴妖袭中州。
瞬将大街成泽国，顿生恶水没山丘。
院墙倒塌随浪卷，人畜沉浮伴鳖游。
庸臣且听民众怒，迟疑酿祸断无羞。

步韵恒山大哥《七律·河南水患》

汪桃义

灾殃顿起恐难收，骇浪惊涛虐郑州。
暴雨张狂倾大地，疾风放肆扫孤丘。
汪洋成片浊流涌，掩体失形万物游。
不是天公绝义举，细究祸害应知羞。

步韵范恒山老师《七律·河南水患》

冯元起

决口天河口不收，汪洋一片漫中州。
可怜地铁成河道，又见山包变小丘。
小巷大街逐浪涌，庄稼树木顺波游。
指标城建居高榜，面子工程不懂羞。

步韵恒山兄《七律·河南水患》

胡水堂

七廿天河闸未收，狂涛恶水泻中州。
商都广厦千帆影，巩义民房万顶丘。
铁马化舟无舵漂，地龙沉隧有鱼游。
红尘泽国哀怨气，直令方陈自责羞。

❖ 和范恒山《七律·燕赵暴雨》

和范恒山会长《七律·燕赵暴雨》

张洪珍

天雷响彻瀑倾盆，洪浸楼街气象昏。
桥断车前魂出外，房垣陷后水中存。
飞机降物抛心瓣，救险船舟递暖温。
道义人间凝互助，情浓大爱更崇尊。

次韵范恒山教授《七律·燕赵暴雨》

彭太山

江河泛滥裂天盆，怒吼风云北地昏。
王母抛梭银线断，雨师泼墨画图存。
盈畴禾稼忧黎庶，至上民生嘱暖温。
奋起救灾无懈怠，犒君相约有清尊。

步韵恒山兄《七律·燕赵暴雨》

甘海斌

燕赵当空似覆盆，罩城黑地亦天昏。
河渠陡涨洪流发，庄稼随波几棵存。
视垄望田愁水淹，居家入市喜降温。
谏言龙王悯农苦，晴雨宜调得至尊。

有感于北京大部分地区遭受暴雨灾害并步韵恒山大哥诗《七律·燕赵暴雨》

汪桃义

连绵霹雳雨倾盆，风卷云遮晨晓昏。
翻滚浊流难述状，漂浮赀货险求存。
慢嗟灾害何其痛，且喜民生毕竟温。
防患未然须落地，亡羊后补最应尊。

步韵范恒山教授《七律·燕赵暴雨》

王社荣

雷鸣电闪雨倾盆，翻墨黑云天地昏。
涌浪兴波洪水发，摧桥毁路断垣存。
街头巷尾车飞瀑，郭外城中客降温。
预警分流关景点，从容应对毕星尊。

步韵范恒山先生《七律·燕赵暴雨》

周　维

王母倾翻白玉盆，乌云泼雨带城昏。
千层浊浪天街涌，一片汪洋水国存。
急送民需传大爱，空投食品有余温。
疏流导泻排危厄，待胜铭功共举尊。

闻卢沟桥安然无恙并和恒山兄《七律·燕赵暴雨》

赵发洪

倘若洪魔眼界昏，寒心狮吼苦吟尊。
得亏分水尖头嘴，叹赞前筹石拱墩。
八百年来风雨骤，万千军匠鬼工痕。
卢沟晓月乾隆笔，矫正斜阳安定魂。

步韵恒山兄《七律·燕赵暴雨》

胡水堂

杜苏负压扣锅盆，罩得燕京天地昏。
电闪雷鸣惊鬼去，风高雨急静心存。
自然灾害谁应对，国计民生党送温。
奉劝龙王收恶手，感恩旗下把金尊。

注：杜苏：指台风杜苏芮。

和范恒山会长《七律·燕赵暴雨》

傅东渔

天生天杀此乾坤，雨洗幽燕永定浑。
民意天心非两隔，南离北坎本同根。
狼独犷兽千涛卷，陂定崇丘一海吞。
岳晏河清秋气至，太行试锷荐轩辕。

【正宫·塞鸿秋】房山门头沟等地水灾

李福祥

千年永定河床漫，百寻拒马决堤岸，小清河洪害桥断，大石河水患楼门灌。汽车成渡舟，田舍成黄泛，军民援救冲一线！

【正宫·塞鸿秋】房山门头沟等地水灾

李福祥

救灾马甲迎风灿，抢修机械连轴转，空投实物来天半，转移百姓十多万。山洪尚未停，使命频召唤，党旗在抗洪中更鲜艳！

❖ 和范恒山《江城子·登高抒怀》

江城子·和范恒山会长《登高抒怀》

傅东渔

习风和畅凤城黄。叶初霜，鹤群翔。秋色无边、鸿雁水云长。万里征程天地力，时运至，战玄苍。

昆仑三截语难忘。五星昌，利东方。雨洗天青、华夏变仙乡。寒菊一开花飒飒，经冬雪，国梅香。

江城子·步韵恒山兄《登高抒怀》

胡水堂

霞光万道照青葱。海扶棕，雾皑峰。幻影游丝，生得好朦胧。人阵巡天南向去，怀胸臆，傲苍穹。

凌霄越宇九州通。纳殷充，灭群雄。梦里中兴，笑以慰江东。驭驾红船惊浪里，承宏志，祭毛翁。

江城子·步韵范恒山先生《登高抒怀》

周　维

吟眸逸韵醉青葱。寄情棕，拨云峰。叠壑层峦，深远望朦胧。翰墨遗篇多少梦，千古事，问苍穹。

精神犹壮任穷通。血弥充，霸魂雄。九鼎一言，不肯过江东。嗟叹观枰柯已烂，怜樵客，笑仙翁。

❖ 和范恒山《七律·元日望宇》

辞旧迎新

陈存根

爆竹辞旧驱疫霾，烟花迎新运开泰。
三载酸楚成往事，春满乾坤话未来。
华夏复兴国人梦，江山锦绣重描彩。
征程漫长须踔厉，韶华莫负好时代。

癸卯新年吟

李福祥

谁将彩历又轻翻，告别壬寅迎兔年。
战疫三秋凝令绪，清零几度越阳关。
新花闭户隔窗赏，老友开心赖网传。
但使冠瘟随虎去，神州无处不春天。

癸卯新正和范恒山会长《七律·元日望宇》

傅东渔

神州虎变庆元年，领袖人民创舜天。
玉兔迎春分鹊药，金龙播雨补珠泉。
习风和畅江山剪，国运当头胥梦圆。
喜把新桃旧符换，信平天下聚英贤。

癸卯新正和范恒山会长《七律·元日望宇》

周　维

醉斟绿蚁入新年，抖擞精神绮梦牵。
情逐真怀酬韵笔，疫随旧岁化云烟。
江山不改初心在，社稷凭催紫气连。
九夏蒸蒸强势发，东风浩荡倚青天。

步韵恒山兄《七律·元日望宇》

甘海斌

过往烦忧送逝年，如今期冀梦相牵。
岂容雾瘴遮丽日？祈愿寰球少战烟。
虎跃兔奔新岁好，大寒除夕首正连。
东来紫气吉星照，满目春晖不夜天。

除夜次韵范恒山教授《七律·元日望宇》

彭太山

团圆此夕在寅年，家国相融绮梦牵。
满室欢歌缘晚会，冲霄爆竹绽霞烟。
劫波共历亲情贵，彼岸同登心力连。
零点钟声催玉兔，喜迎芳草艳阳天。

步韵恒山兄《七律·元日望宇》

胡水堂

辞旧迎新过大年，春风呼出破挛牵。
千山吐艳兆祥瑞，万户张灯袅夕烟。
今夜高斟金殿舞，明朝霞暎草堂连。
瘟神笑我何来信，我让瘟神去问天。

癸卯新春敬和范恒山会长《七律·元日望宇》

冯元起

已把壬寅作旧年，风风雨雨总相牵。
千家喜乐观春晚，万户欢歌望紫烟。
自有神州迎盛世，今逢癸卯遇良贤。
晨光明媚驱霾雾，国运欣欣朗朗天。

❖和范恒山《七律·贺〈盛世诗语〉出版》

和范恒山先生《七律·贺〈盛世诗语〉出版》

张洪珍

有缘共棹一帆扬，锦簇同播十里香。
绿水陶情拨激桨，青山着意扮新装。
园林硕果心中绘，稻浪梯田画中藏。
堪比愚公持壮志，采撷滴露酿琼浆。

韵和恒山兄《七律·贺〈盛世诗语〉出版》

赵发洪

碧水澄江杨柳芳，喜闻盛语付词章。
一枝出秀凌霄塔，二度成书锦绣囊。
曲赋丽文登览得，词诗雅句汇成行。
遥斟杯酒对酬唱，入醉神思绕翠梁。

步韵范恒山先生《七律·贺〈盛世诗语〉出版》

空林子

新声唱罢口余香，天下谁堪顾曲郎。
久住大城虽寂寞，闲居陋室亦飞扬。
从文每日财无益，立德莫嫌名不彰。
宇宙无涯尘世小，纵情何必问乾纲。

次韵范恒山教授《七律·贺〈盛世诗语〉出版》

彭太山

洋溢吟坛翰墨香，依然五彩属江郎。
夙兴孕得春花放，夜寐迎来霞曙扬。
案上文章甘寂寞，蹊间桃李自昭彰。
立言传世终无悔，一卷编成行有纲。

次韵范恒山教授《七律·贺〈盛世诗语〉出版》

王社荣

政界鸿儒弄墨香，诗书迭出笑江郎。
胸怀玉宇忠肝沥，笔走江湖义胆扬。
浅唱低吟功底显，精雕细刻德行彰。
词山赋海添华页，新派宗师耀九纲。

五律·和范恒山先生《七律·贺〈盛世诗语〉出版》

藏新义

癸卯谷雨前，归中原举办故乡情浓书法返乡展之际，欣闻《盛世诗语》合著本出版，返京后拿到成书，甚喜。拜读诸诗友大作，亦深感成书之不易，忝列其间之幸。

疫病三年后，春风报故乡。
遥闻盛世语，乐读众人章。
境阔开云曙，情长回木梁。
高山与流水，处处落花香。

❖ 和范恒山《七律·酷暑日〈盛世诗语〉首发式感呈》

步韵范恒山会长《七律·酷暑日〈盛世诗语〉首发式感呈》

傅东渔

新时代有故周风，鲁迅有知当喜冲。
不羡台槐封紫绶，甘司木铎作诗翁。
钟谭古韵千秋炳，范傅新声万里雄。
龙马非为潭涧物，一逢盛世跃苍穹。

和范恒山会长
《七律·酷暑日〈盛世诗语〉首发式感呈》

张洪珍

汗滴熏风颂雅风，诗潮试比热流冲。
你方唱罢添层绿，我也登台抹点红。
一意传承扬九域，同心拓卷写双雄。
群贤赞许声如鼓，贯耳雷霆震苍穹。

和恒山大哥
《七律·酷暑日〈盛世诗语〉首发式感呈》

汪桃义

新梓呈香颂雅风，群贤高论兴冲冲。
撷来今古长流史，评点诗词不朽翁。
硬挺脊梁歌盛世，欣培境界谱豪雄。
人生易老天难老，翰墨勤耕寄颢穹。

步韵恒山兄
《七律·酷暑日〈盛世诗语〉首发式感呈》

甘海斌

望远澄怀颂雅风，旌旗指处向前冲。
勖功成册嘉言获，忝列门墙白首翁。
古有钟谭昭日月，今生范傅竞豪雄。
凌云健笔吟风物，猛进高歌震昊穹。

步韵范恒山先生《七律·酷暑日〈盛世诗语〉首发式感呈》

许　海

自古崇文兴诗风，执手写心两相冲。
每抒性灵访袁叟，亦状旷达学放翁。
著书何妨偶任诞，处世当知宜沉雄。
壮怀可堪寄日月，待携神舟游苍穹。

步韵恒山兄《七律·酷暑日〈盛世诗语〉首发式感呈》

胡水堂

自古天门尚雅风，今朝新派势飞冲。
东西南北观千世，曲赋诗词效圣翁。
迈俗珠玑歌锦绣，豪情温婉艳奇雄。
神州曼舞寰球日，梦寐萦怀开宇穹。

❖ 和范恒山《七律·宴席》

次韵范恒山教授《七律·宴席》

彭太山

漫言繁缛是虚酬，樽俎之间有隐谋。
宋祖杯倾诸将释，项庄剑舞沛公忧。

诗吟李白文泉涌，酒煮青梅绿蚁浮。
狼藉风云收拾去，羡他渔父饮归舟。

步韵范恒山教授《七律·宴席》

王社荣

低桌高台频应酬，琼浆玉液渗玄谋。
曹瞒煮酒因疑虑，项籍陈筵为惮忧。
道弟称兄防线溃，推杯换盏准星浮。
怡情小酌交知己，万丈红尘不覆舟。

❖ 和范恒山《七律·闻湖北遭逢大暴雪》

七律·闻湖北遭逢大暴雪

范恒山

（2023 年 2 月 1 日）

故地惊逢雪霰嚣，胜图惨景两交调。
朱楼碧苑素妆丽，浅巷深街游者寥。
谷走银蛇添锦绣，岭居玉虎锁津桥。
常忧蓬户薪材少，盼遣东君逐冽潮。

次韵范恒山教授《七律·闻湖北遭逢大暴雪》

彭太山

玉龙肆虐舞喧嚣，荆楚黎元盼制调。
归宅团圆思绪切，倚门留守笑颜寥。
无情天道阻羁旅，有爱人间搭鹊桥。
始信雪消冰化日，终归江汉涌春潮。

步韵恒山兄《七律·闻湖北遭逢大暴雪》

甘海斌

荆楚茫茫散阵嚣，归途陌陌误程调。
虽言四野素妆丽，却废三餐佳绪寥。
村妇送来消渴饮，老儒架起润心桥。
旅羁岁杪得恩赏，唯祷东君逐雪潮。

次韵范恒山先生《七律·闻湖北遭逢大暴雪》

白守成

暴雪一从荆楚嚣，骤来菑沴颇难调。
寒车久滞归程苦，冰海横生欢靥寥。
幸得千军施大爱，宛如两岸起金桥。
通途喜赋飞轮疾，似觉春风卷热潮。

步韵范恒山教授《七律·闻湖北遭逢大暴雪》

王社荣

岁弊寒凶来势嚣，坚冰近尺怨难调。
家山召唤情殷切，游子思归心寂寥。
卫士疏通平顺路，村姑搭建爱心桥。
风饕雪虐皆无惧，抚慰频频眼泛潮。

步韵恒山兄《七律·闻湖北遭逢大暴雪》

胡水堂

荆楚隆冬寒势嚣，唯怨夕兽性难调。
玉龙幽谷鸟踪灭，铁马冰河人迹寥。
幸有乡亲呵冷暖，欣然卫士护津桥。
感恩善念消天戾，笑拥春风心涌潮。

❖ 和范兄恒山先生《闻湖北遭逢大暴雪》

蝶恋花·甲辰年春雪（原诗）

熊垓智

寒英纵。天寒冻。满城飞雪春潮涌。裹银装，浪千重。拂堤新柳梨花梦。

荆楚雨交春雪冻。冰霰琼瑶，素树银枝纵。旷野幔弥寒意重。香幽梅远谁欣悚？

犹有残霜疏影弄。正试梅妆，落洒笺红捧。一盏琴壶憧蝶梦。破云弄月春晴共。

❖ 和范恒山《贺新郎·元旦寄怀》

贺新郎·步韵范恒山先生《元旦寄怀》

许　海

岁月无常势。目远山，雨羁苦旅，风携劲戾。犹放梅花香满地，傲雪凌霜睥睨。更添就雏芽新丽。鸭戏寒江知暖水，纵若许浅草浮冰蔽。冬去也，春来继。

人趁天时当勉励。惜华年，寸金可舍，寸阴宜计。自古逸安销奇伟，浪荡摧磨壮誓。空嗟叹身朽才滞。世事运行终有数，羡拿云每须勤砥砺。弘正道，此心系。

贺新郎·步韵恒山兄《元旦寄怀》

甘海斌

寰宇开新势。览西方、乌烟瘴气，怒声人戾。襄以援乌仇怨结，正义之邦鄙睨。东方国、辰辉日丽。解锁破冰旋凯进，主公正、何惧尘霾蔽。龙起舞，圆梦继。

江山万古催勤励。倚中华、文明古国，千韬万计。环视全球观风云，无阻中兴雄誓。岁月老、壮怀未滞。欲遣朽身执斧钺，着手鞭、策马驰蹄砺。祈一统，神州系。

贺新郎·步韵恒山兄《元旦寄怀》

胡水堂

花甲期宁势。但哪堪、无常世道，天灾人戾。巴以乌东弯弓激，台海白雕窥睨。搅乱了、风和日丽。一路狼烟瘟疫急，纵寰球、总是烽尘蔽。圆梦景，何卫继？

龙腾宏愿人扬励。踏征程、国富民强，蔚蓝图计。无限江山心房处，中挫难移重誓。解归隐、雄心未滞。常把战刀精心拭，效老君、危思千重砺。戎马卒，永生系。

❖ 和范恒山《七律·览〈魏开功书范恒山诗词〉》

奉和恒山《七律·览〈魏开功书范恒山诗词〉》并赠开功先生

甘海斌

自古诗书结义俦，久尊范作气豪遒。
撷来珠璧连成册，儒雅开功美誉留。
可喜文心肝胆照，更欣吟者友情稠。
莫嫌墨道无知己，勤赠珍笺少怅惆。

❖ 和范恒山《七律·雄安新区》

次韵范恒山先生《七律·雄安新区》

周　维

携程津冀势骈肩，布局枰棋智应乾。
许国谋深承后世，登巅眺远逐长年。
千秋谟策殊风郭。一靓霓虹特色篇。
绿苇香荷连广厦，丹青美卷点幽燕。

步韵范恒山先生《七律·雄安新区》

胡水堂

甲子先知寻铁肩，雄安倚势顺应乾。
京畿两翼齐飞跃，帝阙千秋复有年。
寰宇乌云呈乱象，神州劲力著宏篇。
卧薪尝胆图今日，独领风骚慰古燕。

注：甲子先知：指毛泽东主席在六十年前就预言京津冀将出现新区。

次韵范恒山教授《七律·雄安新区》

王社荣

两翼兴京志比肩，雄安伟岸驻坤乾。
纾疏帝郭功千载，构筑新区计七年。
森氧多川生态苑，智能低碳未来篇。
青莲滴露妆容靓，百鸟欢歌唱赵燕。

步韵恒山兄《七律·雄安新区》

甘海斌

大鹏展翅任在肩，雄安策划利坤乾。
冀京比翼齐飞跃，伟业高瞻计万年。
不畏浮云遮望眼，凝心聚力著宏篇。
皇皇规制新妆路，灿灿朝阳光赵燕。

❖ 和傅东渔《七律·甲辰龙年冶春偶吟》

步韵傅东渔兄《七律·甲辰龙年冶春偶吟》

甘海斌

惠风和畅向清明，紫气东来草木荣。
龙宴三杯酬旧友，醇茶一盏赋新声。
天街雅聚尽贤者，名店高吟蔚俊英。
唤起诗潮胸臆发，壮怀激烈暮春迎。

步韵傅东渔《七律·甲辰龙年冶春偶吟》

冯元起

日丽山河户户明，风和大地促欣荣。
斑鸠婉转惊蛰气，喜鹊鸣啼雨水声。
野外清新邀贵客，湖边雅兴会贤英。
龙年好运精神爽，盛世芳华顺势迎。

步韵东渔兄《七律·甲辰龙年冶春偶吟》

胡水堂

一缕春风紫气明，几场春雨物华荣。
阶前春草芳菲色，门庭春池波浪声。
沃野春情邀侠客，山村春意汇群英。
无言春韵精神表，有志春晖茂盛迎。

臧新义书《和范恒山先生贺〈盛世诗语〉出版》

文萃篇

关于传承发展中华优秀诗歌传统的几个问题

——在《盛世诗语》新书首发式上的发言

（2023年6月24日）

徐国宝

今天参加《盛世诗语》新书首发式，主要是向大家学习。陈存根书记、范恒山秘书长和各位诗友勤于创作、勇于实践，都是很好的榜样。诗歌艺术同其他艺术一样，完全靠实践的功夫。我虽然在几十年前修学过中国古代文论专业（包括诗话词话之类），但是南宋诗人陆游说："纸上得来终觉浅，绝知此事要躬行。"今人朱光潜先生也说过："不通一艺莫谈艺。"最近在恒山兄和各位诗友的激励之下，不揣浅陋，开始放胆试写几句，权充献芹之野人吧。今天来了很多著名诗人词人，借此盛会同大家一起重温中华诗歌传统，感到很荣幸。我们自古以来就是一个诗的大国，诗歌是中华民族特殊的文化符号，现在我们要认真考虑怎么样把诗歌这个文化符号做得更好、更有生命力。在历代诗人长期实践的基础上，以孔子为代表的古代先贤深刻总结提炼出"思无邪"说、"诗言志"说、"诗缘情"说、"六义"说、"现量"说、"妙悟"说，一直到毛泽东在致陈毅的信中提出的关于"诗要用形象思维"的主张，都是中国诗歌的好传统，应当在新的历史条件下传承好发展好。对于我这样一个诗歌创作的门外汉来说，今天所讲的这些近似纸上谈兵，仅供大家参考。

一、关于"思无邪"的传统

我们国家作为千古诗国，不仅是指诗歌创作的历史悠久，也不仅是作家和作品数量的众多；从更深广的意义上来说，每一个中华民族成员心中都有诗。就是说，不一定人人笔下都有诗（实际上多数人都不写诗），但是人人心中都应该有诗；每个人心中的诗是产生杰出诗人的土壤。那么，每个人心中的诗究竟是什么？这里不是指具体的诗歌作品，而是指人人共有的天人合一的诗心，它是所有诗歌的源头活水和本体家园。“思无邪”说就是讲这个问题的。

孔子说：“《诗》三百，一言以蔽之，曰：‘思无邪’。”（《论语·为政》）怎么来正确理解“思无邪”这三个字呢？“思”字在汉代有两种写法，一是先秦古文（甲骨文、金文、篆书）的写法，二是今文（即汉代通行的隶书）的写法。古文中小篆的写法，“思”字上面一个“囟门”的“囟”，下面一个“心”；今文（即汉隶）的写法，“思”字上面一个“田”下面一个“心”。从古人造字的角度来看，这两种写法是相通的。“囟”为初心，“田”为心田。初心也好，心田也好，都是一颗清净无染而又富有生机的赤子之心，是一方没有撒任何种子但又可孕育生命能量的闲田地，也可以说它是一张素净的白纸（古人称本来白净的丝为“素”），好写最新最美的文字，好画最新最美的画图。这个初心，这个心田，是人人本来就有的，可以同天地之心同频共振，交相感应。做人也好，写诗也好，首先在于发现这个廓然充塞于天地之间的初心。这就是孔子所说的“兴于诗”的真正含义；加上“立于礼，成于乐”，就为君子人格的最终完成打下重要基础。诗经三百篇都是在“思无邪”这张素净的白纸上产生的。从本体论的角度来讲“思无邪”，就是我刚才说的人人心中都有诗，后来的志也好，情也好，都是从这个心田里生长出来的。

说到这里，有的同志可能认为，这个“思”不就等同于阿赖耶识吗？此处确有必要辨别清楚。佛教唯识宗认为有个阿赖耶识，它是一切种子的仓库。20 世纪奥地利的弗洛伊德受其影响，发明了以潜意识学说为基础的精神分析学说。后来瑞士的荣格（弗洛伊德的学生）又发展出集体潜意识学说。按照佛教唯识宗的思想，阿赖耶识聚集一切种子，是一切因果关系的最终谜底。但是，种子有清净的，也有污染的，还有中性的，所以，不能统统用“无邪”两个字来概况。至于潜意识或集体潜意识，更搭不上界。尽管李白、欧阳修、苏轼等人都有梦中写诗的经历，梦即潜意识的一种表现，但是按照唯识宗的说法，绝大多数的梦都属于“非量”。极个别的人梦中也会出现“比量”甚至“现量”，这是微乎其微的，也是有特定条件的（此时所谓的梦已等同于觉）。如前所述，中国圣人用来表达“思无邪”的含义时，这个“思”字是不包含阿赖耶识这些种子的，它既清净无染又具有一切可能，既寂然不动又充满无限生机，既至小无内又至大无外，说它是“无极而生太极”的无极，是老庄的道、孔孟的仁、佛家的自性、陆王心学的良知，都可以，但这些都只不过是名相概念而已。“思”固然被唯识宗视为五遍行心所之一，同时汉地亦多用于八识心王中第六意识的功能，但这些都是现象界的流变，也包括语源学意义上的词语的流变，作为本体的“思无邪”是不生不灭、不来不去的。

我认为，“思无邪”是中国诗学的心法和秘传。在这方面有研究的同志可以就“思无邪”的问题专门写一本书。要传承发展中华优秀诗歌传统，首先要传承发展“思无邪”的传统。

二、关于“诗言志”和“诗缘情”的传统

从“思无邪”的本体发起功能、产生作用，就有了“诗言志”和“诗缘情”两种说法。《尚书》最早提出“诗言志”。西晋陆机提出“诗缘情而绮靡”。后来有人认为言志和缘情是两条路线，但是主流的观点都认为情志是不分的，比如汉代的《诗大序》关于“吟咏情性”的理论，就把情与志都作为一个整体看待（“情性”的“性”相当于未发之志）；唐人更是如此，如李善说“诗以言志，故曰缘情”（《文选》李善注），意为缘情就是言志。孔颖达说“情、志一也”，认为它们是一个东西。宋人张载提出“心统性情”说，把看似矛盾

的性与情统一为整体的心，如用到诗歌理论上，既包括“思无邪”，也包括言志和缘情。受宋明儒学的影响，清人沈德潜、纪昀等人都试图纠正片面强调“缘情说”的偏颇。应当说，言志与缘情实为一体，都来源于“思无邪”的本初心田之中，如果说“思无邪”为大地，那么“诗言志”就是大地上矗立的高山，“诗缘情”则是高山中流泻的泉水或瀑布。又好比一只飞鸟，“诗言志”是其躯干，“诗缘情”是其羽翼，此外，还要借助空气才能真正飞翔。

“诗言志”的“志”，表心之所往如志向、志气、意愿等；“诗缘情”的“情”，总谓感情，分指喜、怒、哀、惧、爱、恶、欲七情。“志”和“情”发而为诗的过程，古人有很多描述。例如子夏《诗大序》说：“在心为志，发言为诗，情动于中而形于言。”至于志为何而发，情为何而动？这里没有明确交代。钟嵘的《诗品》说：“气之动物，物之感人，故摇荡性情，形诸舞咏。”“气之动物，物之感人”，是由外而内；“摇荡性情，形诸舞咏”是由内而外；外内交感的枢纽是性情，在此情境中吐言为诗、放喉为歌、展肢为舞，就像风行水上自然成文。各别诗人的言志和缘情，都是从人人共有的诗心生长出来的，也可以说是从天地之心这个共同的精神生命体上生长出来的。我们今天弄清“思无邪”“诗言志”“诗缘情”各自的内涵及其相互关系，是一个很重要的问题，因为把这个根本问题搞清楚了，好多具体的问题都会顺流而下，就都容易搞明白。我在这里想举毛泽东诗词为例。大家通过反复吟咏毛泽东诗词应该都能体会到，毛泽东他老人家在言志方面可以说是通天下之志，在缘情方面也是共天下之情。无论何时何地，毛泽东诗词都能够引起无数人的共鸣，具有超越时空的永恒的精神生命和艺术魅力。其中奥秘，值得我们深长思之。

三、关于赋比兴的传统

赋比兴出于《诗大序》的“六义”说。六义指的是风、赋、比、兴、雅、颂。六义原先的排序如此，为什么这样排序，古人有过各种解释，今天不谈这个问题，也不谈其中风雅颂的问题，主要讲其中的赋比兴的传统。

毛泽东于1965年7月21日给陈毅写了一封谈诗歌创作问题的信（公开发表于《诗刊》1978年1月号），提出“诗要用形象思维”的主张。怎么样用好形象思维呢？他提到了赋比兴手法。他说“比兴两法是不能不用的”，然后说“赋也可以用”，并以杜甫的《北征》为例强调赋中也有比兴。为了说明这三种手法，毛泽东特别引用了朱熹的解释：“赋，敷陈其事而直言之也。”“比者，以彼物比此物也。”“兴者，先言他物以引起所咏之词也。”他把比兴放在赋的前面，就是因为比兴运用了形象思维。像《北征》那样包含比兴的赋，自然也是形象思维的一种形式。

诗经三百篇无一不是赋比兴，所不同的是每一篇作品因内容的需要对这三种手法各有侧重，其中比兴手法运用最多。诗经作者通过“六义”的形式和手法来言志，其中有志、有言、有乐、有舞，其中志是核心，言、乐、舞是载体，赋比兴是专用于修饰言志之“雅言”的。孔子说：“言之无文，行之不远。”有了赋比兴，便言而成文，使先贤的思想传之久远，即使万代之后，仍可听到当时的风乐谣讴、雅声颂舞、礼乐和鸣。

毛泽东在给陈毅的信里，除了特别强调形象思维的重要性并要求运用赋比兴手法之外，还要求写律诗要在形式上、字面上符合律诗的格律，比如：“律诗要讲平仄，不讲平仄，即非律诗。”又提到“长短句的词学”。古代诗歌从《诗经》开始，每一首诗都有特定的曲调，可以说诗乐同源而一体。汉魏六朝除乐府而外的诗歌以及后来的近体诗和词，虽然从音乐中脱胎而出，但仍保留其胎记，平仄、韵脚、节奏等要求就是其在乐感方面的遗存。我想说的是，作为旧体诗词，既然以五律、七律、满江红、沁园春等为题，就应该严格按照这个方面的要求来做。这是尊重传统。当然，在继承传统的基础上可以大胆创新，在内容和形式上别开生面，自创一格，那已是另外一个问题。

四、关于现量境界及诗禅相通的奥秘

有一种艺术境界，可以称之为现量境界，它已经超越一切人为巧思，是一种不假思索、自然呈现的境界。比如陶渊明的“采菊东篱下，悠然见南山”。王维的“大漠孤烟直，长河落日圆”“明月松间照，清泉石上流”。这里没有赋比兴，没有形象思维，没有文学想象，更没有什么形式逻辑、辩证逻辑、艺术逻辑，它就是当时自然呈现的现量境界，也可以说是天人凑泊的境界，其间意蕴无以言表，古人所说的言语道断、思维路绝、可遇而不可求的妙境，多指这种情况。王夫之说：“‘长河落日圆’，初无定景；‘隔水问樵夫’，初非想得；则禅家所谓现量也。”与此相反，“‘僧敲月下门’，只是妄想揣摩，如说他人梦，纵令形容酷似，何尝毫发关心？”（《姜斋诗话》）王夫之以谢灵运的“池塘生春草”“明月照积雪”等句为例，对纯出自然的现量境界与人工雕琢的妄想境界做了严格区分，认为前者乃是真龙，后者只是画龙。古代诗话词话中很少有人达此洞见。

古人以禅境为诗歌境界的最高追求。这也是诗歌艺术区别于其他艺术形式的最重要特征。宋朝的严羽说：“盛唐诗人唯在兴（读为比兴之兴）趣，羚羊挂角，无迹可求。故其妙处莹澈玲珑，不可凑泊，如空中之音，相中之色，水中之月，镜中之像，言有尽而意无穷。”（《沧浪诗话》）无论是现量境界还是以赋比兴手法创造的艺术形象，都是特殊的艺术符号，都要通过特定的象或境来传达意的信息。这就构成了诗歌特有的意象或意境。传统诗歌要求意在言外、言有尽而意无穷、“羚羊挂角，无迹可求”。这就使得诗与禅在如何表意这一点上殊途同归了。禅是什么？如人饮水冷暖自知，不可说不可说。从“拈花微笑”开始，两千多年来产生许多巧妙运用

“遮诠”方法、意在启发学人自悟的公案和话头。“大抵禅道惟在妙悟，诗道亦在妙悟。”“惟悟乃为当行，乃为本色。”（《沧浪诗话》）但是严羽所说的妙悟，是指对诗道传统之悟，他主张学汉魏晋与盛唐诗，并以此为第一义，从中悟出诗家三昧来。笔者的意思与此不同。真正的诗禅相通，应从“思无邪”的本体世界来看，无论是景、事、典、情、理，还是才、胆、识、力、学，都是工具性的材料，其作用不是表现其自身，而是像指示天上之月的那个指头。一首具有禅意的好诗，应当借鉴禅宗的“遮诠”妙法，使读者由此“不可说”中豁然开悟，领会其“韵外之致”“味外之旨”（司空图《与李生论诗书》）。我想大家都有这样的经历：碰到一首好诗，在反复吟哦中，顿然灵光一现，透过诗中特定的符号，看到它后面的那片天地，这就是“寂然不动，感而遂通天下之故”（《周易·系辞传上》）。杜甫说：“笔落惊风雨，诗成泣鬼神。”这两个人人知晓的名句并非夸张之辞，诗歌如果达到“感而遂通”的境界，是具有跨越时空、直击心扉的巨大能量的。

诗歌是一门很快乐也很艰难的艺术。作为一名读者，我经常与古人对话，在此过程中屡屡能够触摸到古人的心弦，体会到古人写作时的艰难和快乐。从知人论世来说，他们当时处于什么样的境况？为什么要写这样的作品？写作的过程又是怎样的？在吟咏之间经常能够产生一种奇异的脉动。笔者于含英咀华之际总结出一条规律，即：在几千年来的无数篇什中，凡在言志缘情上能够通天下之志、共天下之情，并且在艺术上达到天人凑泊的境界，这样的作品都具有强烈的艺术感染力和永恒的艺术生命。如果论起诗品的高下，也需按照这个规律在时间长河里自然排序。真正符合这一规律的优秀作品，“不假良史之辞，不托飞驰之势，而声名自传于后”（曹丕《典论·论文》）。

如前所述，诗歌是中华民族特殊的文化符号。在艺术符号的提炼方面，今天在座的有一个成功的范例：著名艺术家舒勇先生用近两万块琥珀金砖创作的巨型雕塑《丝路金桥》，就是一个传播中国精神的很有代表性的文化符号，同时这也是一首中华民族的好诗。我们要善于发现这样的好诗，并继续在各个艺术领域大胆创作这样的好诗。我想，咱们拥有悠久传统的诗歌，也天然就有这样的文化符号的功能。传承中华文明，担负新的文化使命，这是我们的共同责任，愿与大家一起努力。

“竟陵派”小考

甘海斌

笔者也算戎马一生，未到花甲之年即已退休，过起了闲适的生活。我曾吟诗表达自己退休后的心境：“……心中无挂碍，余岁不堪忧。日食三餐饱，随时乐自由。”闲人，就有闲心，得闲空，读闲书，悟闲理，寻闲乐，不亦乐乎！我也喜欢写点闲诗碎文，悦己悦人。

我出生于物华天宝、人杰地灵的湖北省天门市。这里曾诞生了闻名世界的茶圣陆羽，也是著名的“状元之乡”。所以，我在退休后，先后写了《茶圣陆羽出天门》《状元蒋立镛其人其事》两篇拙文，发表在报刊和网络媒体上，受到读者纷纷点赞，不禁欣喜自慰。

孩提时代，我还得知几百年前在中华文化历史上有一个“竟陵派”，让天门人引以为骄傲。成人后，却不曾下功夫去了解“竟陵派”所呈现的文采风流，及在璀璨星河之中的兴衰浮沉。但喜爱古体诗词的雅好兴犹未阑，时常发表几句拙诗在报刊上，并结集为《梦之痕》由人民文学出版社出版。由此浪得“局长本色是诗人”之虚名。

2020 年 8 月，我加入了由范恒山先生为主帅、北京龙潭诗社社长傅东渔为副将，发起组织的“北京新竟陵诗派”。这是一群生活在北京、古体诗词爱好者自愿结社组成的文学小“沙龙”，不定期开展诗词交流酬和、雅赏文化娱乐，颇有沿袭古人儒雅之风韵、玩味高士情调之意味。忝列其中，幸甚至哉。

近几年来，北京新竟陵诗派在范、傅二人引领下，风生水起，成果颇丰，已由作家出版社出版了《竟陵新韵》《盛世诗语》两部诗集。但“仰山以崇德，观水应知源”。新竟陵派若不知钟谭之如何，谈何一脉相传？弄不清古竟陵派之源流，岂敢言继承弘扬？故遵恒山兄之嘱，余对“竟陵派”作此小考，以飨同道诗友和热心读者。

在中国古今文坛上，文学家与文学流派的更迭是极为自然的。既有所谓“江山代有才人出”，那必然是“各领风骚数百年”。

“竟陵派”是明代后期所产生的一个文学流派，名噪天下，影响深远。因以竟陵（今湖北省天门市）人钟惺、谭元春为杰出代表，因此而得名，又称竟陵体或钟谭体。

钟惺，字伯敬，号退谷，又号退庵。湖广竟陵（今湖北天门市）皂市镇人。万历三十八年（1610）进士，官至福建提学佥事。著作有《隐秀轩集》《史怀》等。他的文学主张与公安派有近似处，也反对拟古，但强调从古人诗中求性灵，在诗文中开眼界，与公安派的“性灵说”有明显不同。钟惺在《诗归序》中说：“真诗者，精神所为也。察其幽情单绪，孤行静寄于喧杂之中；而乃以虚怀定力，独往冥游于寥廓之外。”这种艺术审美品格，形成了这一派文学上“幽深孤峭”的艺术风格。钟惺工诗能文，自己更以文自负。他的一些论史之文，能“发左氏、班、马之未竟，钩其隐深而出之”（陆云龙《钟伯敬先生合集序》）；所作讽时小品或题跋等，文笔犀利，语言简练，极具个性特点，如《夏梅说》《题潘景升募刻吴越杂志册子》等；纪游之作，为人称道的有《浣花溪记》。

谭元春（1586—1637），字友夏，号鹄湾，别号蓑翁。湖广竟陵（今湖北天门市）人。少慧而科场不利，天启七年（1627）始举于乡，乡试第一。崇祯十年死于赴考进士途中。葬于竟陵黄潭镇白龙村。与同里钟惺同为“竟陵派”创始人，论文重视性灵，反对摹古，提倡幽深孤峭的风格，所作亦流于僻奥冷涩，有《谭友夏合集》。钟、谭曾编选《诗归》（单行称《古诗归》《唐诗归》）。在序文和评点中宣扬他们的文学观，风行一时，竟陵派因此而成为影响很大的诗派。

竟陵派与公安派是比肩而生的。是晚明继公安派之后崛起的一支文学革新流派。公安派是明代后期以湖北公安人袁宗道、袁宏道、袁中道三兄弟为代表的诗文流派。公安派的崛起是对风靡文坛的前后七子拟古思潮的矫正。公安派的成就主要表现在文学理论与散文创作方面，但在诗歌创作上公安派也有新的特色。针对拟古派的文学主张，公安派提出了自己的理论。他们的核心主张是“独抒性灵，不拘格套”。他们要求文学作品充分表现出作者的个性、感情。认为一切优秀作品都是率性而发，“从自己胸臆流出”的，只有“出自性灵者”，才算是“真诗”（袁宏道《叙小修诗》江盈科《敝箧集序》）。

公安派认为，古代的格律、格调则完全不必拘泥，“信腕信口，皆成律度”（袁宏道《雪涛阁集序》），只要能写出真性情，真面目，律度、法则也就自在其中了。在文学发展观上他们针对拟古派盲目崇古的观点，指出文学是随时代发展而进步的，每个时代的文学各有特色，“代有升降，而法不相沿”（《叙小修诗》），完全不必厚古薄今。他们认为“古未必高，今何必卑”，假如“秦汉而学六经，岂复有秦汉之文？盛唐而学汉魏，岂复有盛唐之诗？”

因此，文学创作必须顺应时代的变化，不能一味因袭、模拟，这就从根本上否定了拟古派“文必秦汉，诗必盛唐”的观点。在文学风格方面，他们“尚今尚俗”，强调文辞、语言合一，以为“夫时有古今，语言亦有古今，今人所谓奇字奥句，安知非古之街谈巷语耶？”（袁宏道《论文》·上）文学语言应“宁今宁俗，不肯拾人一字”（袁宏道《与冯琢庵师》）。因此，他们倡导一种通俗明快、活泼畅达的语言风格，这对于纠正拟古派模仿古言古句的风气，开创新言风格有一定的作用。

竟陵派的产生是在公安派锋芒消退的情况下趁势而起的。竟陵派文学主张：为矫正公安派末流信口信手、粗制滥造，流为俚易肤浅的弊病，钟惺、谭元春另立幽深孤峭之宗，即避世绝俗的“孤怀孤诣”和“幽情单绪”，认为只有处于空旷孤迥、荒寒独处的境地，通过孤行静寄的覃思冥搜，才能写出表现作者性灵的真诗。同时主张作诗为文，要以古人为归，读书学古，力求深厚，在精神上达到古人的境界。

竟陵派认为公安派作品俚俗、浮浅，因而倡导一种“幽深孤峭”风格加以匡救，主张文学创作应抒写“性灵”，反对拟古之风。但所主张和宣扬的“性灵”与公安派不尽相同。所谓“性灵”，是指学习古人诗词中的“精神”，这种“古人精神”不过是“幽情单绪”和“孤行静寄”。所倡导的“幽深孤峭”风格，是指文风求新求奇，不同凡响，刻意追求字意语句之深奥。由此形成了竟陵派的创作特点：雕琢字句，意境幽远，语言佶屈，形成艰涩隐晦的风格。

竟陵派后来超越公安派，盛极一时，但褒贬不一，毁誉参半。在明后期对反拟古之风有促进之功，对晚明及清早期小品文的大量产生有巨大影响。然而，因为他们作品题材狭窄，语言艰涩，又束缚了创作的发展。所以逐渐走向没落。

值得指出的，由于竟陵派的出现是为矫正公安派的俚俗粗浅之弊，所以很容易让人造成竟陵派与公安派对立的误解。其实，两派的相同之处还是占多数的。二者的最大的区别在于他们对反对前后七子所采取的路径不同，出发点与目的还是一致的。竟陵派的追随者有蔡复一、张泽、华淑等。这些人大都坚守竟陵派生涩之弊端，往往略下一二助语，自称“空灵”，使竟陵派文风走向极端。当时受竟陵派影响而较有成就的是刘侗，他的《帝京景物略》成为竟陵体语言风格代表作之一。

竟陵派的学古乃至复古，不得不玩索于一字一句之间，将诗文创作引入狭窄的天地。他们评诗，只着眼于一字一句之得失，流连于烦琐纤仄之工稳。他们自己的作品，力求僻涩诡谲，专在怪字险韵上花样翻新，与公安派通俗晓畅的诗文大相径庭。因而，竟陵派的文学主张，正迎合了那些因处于王朝末日而走向消沉的封建文人之文学倾向。

明代中叶后，诗坛掀起了一场以复古面目出现的革新活动。以李梦阳、何景明为核心，包括康海、王九思、边贡、王廷相、徐祯卿等人的文学群体，称“前七子”。他们提出了“文必秦汉，诗必盛唐”的口号，目的是扫荡台阁体的无聊文风，力图恢复文学自身的独立地位。但由于他们的创作理论落后，缺乏创新，有泥古不化的倾向。至嘉靖、隆庆时期，出现了以李攀龙、王世贞为代表，包括谢榛、宗臣、梁有誉、徐中行、吴国伦在内的文学群体，称“后七子”。他们一方面继承了“前七子”关于重视文学自身价值的观点，另一方面，他们在复古道路上比前七子走得更远。其成员间的文学主张和创作风格差异较大，并不是一个主张和创作实践完全统一的文学流派。

“唐宋”“公安”两派曾先后给予抵制和抨击。在整个晚明文学的思想理论方面影响最大的实际是李贽。竟陵派追随公安派，而公安派的文学观主要是从李贽的思想学说中发展而来的，所以它的基点不在于诗文的语言技巧，而在于个性解放的精神。“性灵”原不是新鲜的词语，南北朝时就颇为习用。如庾信称“含吐性灵，抑扬词气”(《赵国公集序》)，颜之推称“文章之体，标举兴会，发引性灵”(《颜氏家训》)，其意义大致与“性情”相近。明代中后期，六朝文风重新受到重视，“性灵”一词在王世懋、屠隆等人的诗文评论中又频繁使用起来。

袁中郎进一步在这里面加入了鲜明的时代内容和具体的艺术要求，使之成为影响一代人的文学口号。首先，袁中郎的“性灵说”是出于李贽的“童心说”，它和“理”，和“闻见知识”——即社会既存的行为准则、思维习惯处于对立的地位。标举“性灵”，也是同流行的拟古诗风的强烈对抗。总之，竟陵派的理论，在强调真情、反对宋人“以文为诗，流而为理学”等基本方面承续了李梦阳以来的文学观点，但他们并不主张着力模仿古人的“格调”“法度”，在这一点上与前后七子都不同。他们认为每个时代的文学都有自己的特性，互不相袭；每个时代的语言也在不断变化，“时有古今，语言亦有古今，今人所诧谓奇字奥句，安知非古之街谈巷语耶？”所以作家应用自己的语言来表现自己真实的思想感情，而不必谈什么“文必秦汉”“诗必盛唐”。

因为前后七子大力提倡复古，文坛上的宗派势力和剽袭之风，已经成为自由地抒发性灵的新文学的极大阻碍。自由派文人所批判的对象，主要是在后七子宗派主义作风下形成的以拟古为复古，“有才者诎于法，而不敢自伸其才，无之者拾一二浮泛之语，帮凑成诗……一唱亿和，优人驺子，皆谈雅道”（袁宏道《雪涛阁集序》）的诗坛风气。特别是对后七子诗派末流的粗滥而毫无性情的假古董，攻击尤烈。袁中郎常斥责这一类作者为“钝贼”，甚至刻薄地骂为“粪里嚼渣，顺口接屁，倚势欺良，如今苏州投靠家人一般”。

竟陵派在理论上接受了公安派“独抒性灵”的口号，同时从各方面加以修正。他们提出“势有穷而必变，物有孤而为奇”（钟惺《问山亭诗序》），即反对步趋人后，主张标异立新。那么，从公安派那里来，竟陵派又向何处“变”呢？他们看到公安派的流弊在于俚俗、浅露、轻率，便提出以一种“深幽孤峭”的风格来匡正。钟惺《诗归序》谈如何求“古人真诗”有云：“真诗者，精神所为也。察其幽情单绪，孤行静寄于喧杂之中，而乃以其虚怀定力，独往冥游于寥廓之外。”他们也主张向古人学习以成其“厚”（谭元春《诗归序》说他和钟惺曾“约为古学，冥心放怀，期在必厚”），但这又不像“前后七子”那样追求古人固有的“格调”，而是以自己的精神为主体去求古人精神之所在。所以他们解说古诗，常有屈古人以就己的。

性灵说的核心是强调诗歌创作要直接抒发诗人的心灵，表现真情实感，认为诗歌的本质即是表达感情的，是人之感情的自然流露。袁宏道曾说好诗应当“情真而语直”（《陶孝若枕中呓引》），“非从自己胸臆流出，不肯下笔”（《序小修诗》）。性灵的本义是指人的心灵。刘勰在《〈文心雕龙〉·原道》中说：人之所以是“有心之器”，而不同于自然界的“无识之物”，即在于人是“性灵所钟”，有人的灵性。《〈文心雕龙〉·序志》中所说“岁月飘忽，性灵不居”，亦是指人的心灵。《原道》篇所谓“心生而言立，言立而文明”，就是说文章乃是人的心灵的外在物质表现。其后钟嵘在《诗品》中突出诗歌“吟咏情性”的特点，强调“直寻”，抒写诗人“即目”“所见”，使之具有“自然英旨之真美”，以及赞扬阮籍诗可以“陶性灵，发幽思”等，和后来性灵说的主张是接近的。

性灵说虽有源远流长的历史，但是作为明清时期广泛流行的一种诗歌主张，它主要是当时具体的社会政治条件和文艺思想斗争的产物。因此它和历史上的有关论述，又有很大不同。明清时期诗歌理论批评中的性灵说的主要特点如下：

一是性灵说是在李贽童心说的直接启发下产生的，是当时反理学斗争在文学理论上的具体表现。明代中叶以后，随着封建专制制度走向没落，资本主义萌芽的出现，学术思想界展开了对程朱理学的批判和斗争。李贽在著名的《童心说》一文中指出，儒家理学的最大特点是“假”，而他提倡的是“真”，以真人真言真事真文反对假人假言假事假文，他主张文学要写“童心”，即“真心”，是未受过虚伪理学浸染的“赤子之心”，认为凡天下之至文，莫不是“童心”的体现。文学要写“童心”，实质就是要表现“真情”，反对描写受儒家礼义束缚的“伪情”。这就为性灵说的提出奠定了思想理论基础。

二是性灵说的提出，也是针对当时文艺上反对复古模拟的风气而发的。明代前、后七子倡导“文必秦汉，诗必盛唐”的复古主义，给文艺创作带来了严重的束缚，使诗文普遍陷入了模拟蹈袭的死胡同。李贽在《童心说》中就提出“诗何必古《选》，文何必先秦”的问题，认为只要写出了“童心”即是好作品，这是对复古主义文艺思想的有力抨击。公安派正是进一步发挥了李贽这个思想，提出了一个“变”字，指出每个时代文学都有自己的特点，必须具有独创性，才是好作品。袁宏道在《雪涛阁集序》中所提出的“穷新极变”的原则和前、后七子的蹈袭拟古，从创作原则说，是根本不同的。而公安派“变”的思想正是建立在性灵说的理论基础上的。因为诗文都是性灵的表现，而性灵是人所自有，不同时代不同的人都不一样，所以评论文学作品的标准，不能以时代论优劣，而应以能否写出真性灵为依据。

三是性灵说从真实、直率地表达感情的要求出发，在诗歌艺术上提倡自然清新、平易流畅之美，反对雕章琢句、堆砌典故，反对以学问为诗。公安派强调诗歌的“真”“趣”“淡”，认为这是“真性灵”的体现。他们提倡质朴，反对铅华：“夫质犹面也，以为不华而饰之朱粉，妍者必减，朴者必增也。”（袁宏道《行素园存稿引》）主张文学语言要接近口语：“信心而言，寄口于腕。”（袁宏道《叙梅子马王程稿》）“口舌代心者也，文章又代口舌者也。”

竟陵派又发展了重“真诗”、重“性灵”的主张。钟惺《宿乌龙潭》诗：“渊静息群有，孤月无声入。冥漠抱天光，吾见晦明一。寒影何默然，守此如恐失。空翠润飞潜，中宵万象湿。损益难致思，徒然勤风日。吁嗟灵昧前，钦哉久行立。”诗所描绘的是一幅万籁俱寂、孤月独照、寒影默然的宿地图景，一切都给人以幽寂、凄凉与峻寒的感觉，这大概就是作者所要追求的“幽情单绪”“寄情孤诣”的创作境界吧。难怪钱谦益说：竟陵派诗风“以凄声寒魄为致”，“以噍音促节为能”，“其所谓幽深孤峭者，如木客之清吟，如幽独君之冥语，如梦而入鼠穴，如幻而之鬼国”（《列朝诗集小传・丁集中・钟提学惺》）。

竟陵派提倡学古要学古人的精神。应该说，竟陵派提倡学古要学古人的精神，以开导今人心窍，积储文学底蕴，这与单纯在形式上蹈袭古风的做法有着天壤之别，客观上对纠正明中期复古派拟古流弊起着一定的积极作用。再者他们也较为敏锐地看到了公安派末流俚俗肤浅的创作弊病，企图另辟蹊径，绝出流俗，也不能不说具有一定的胆识。但是，竟陵派并未真正找准文学发展的路子，他们偏执地将“幽情单绪”“孤行静寄”这种超世绝俗的境界当作文学的全部内蕴，将创作引上奇僻险怪、孤峭幽寒之路，缩小了文学表现的视野，也减弱了在公安派作品中所能看到的那种直面人生与坦露自我的勇气，显示出晚明文学思潮中激进活跃精神的衰落。

在重视自我精神的表现上，竟陵派与公安派又是一致的，但二者的审美趣味迥然不同，而在这背后，又有着人生态度的不同。公安派诗人虽然也有退缩的一面，但他们敢于怀疑和否定传统价值标准，敏锐地感受到社会压迫的痛苦，毕竟还是具有抗争意义的；他们喜好用浅露而富于色彩和动感的语言来表述对各种生活享受、生活情趣的追求，呈现内心的喜怒哀乐，显示着开放的、个性张扬的心态；而竟陵派所追求的“深幽孤峭”的诗境，则表现着内敛的心态。钱谦益说他们的诗“以凄声寒魄为致”，“以噍音促节为能”（《列朝诗集小传》），是相当准确的。他们的诗偏重心理感觉，境界小，主观性强，喜欢写寂寞荒寒乃至阴森的景象，语言又生涩拗折，常破坏常规的语法、音节，使用奇怪的字面，每每教人感到气息不畅。

如谭元春的《观裂帛湖》：“荇藻蕴水天，湖以潭为质。龙雨眠一湫，畏人多自匿。百怪靡不为，喁喁如鱼湿。波眼各自吹，肯同众流急？注目不暂舍，神肤凝为一。森哉发元化，吾见真宰滴。”这诗就不大好懂。大致是写湖水寒冽，环境幽僻，四周发出奇异的声响，好像潜藏着各种怪物。久久注视之下，恍然失去自身的存在，于是在森然的氛围中感受到造物者无形的运作。

钟、谭的诗类似于此很多，他们对活跃的世俗生活没有什么兴趣，所关注的是虚渺出世的“精神”。他们标榜“孤行”“孤情”“孤诣”（谭元春《诗归序》），却又局促不安，无法达到陶渊明式的宁静淡远。这是自我意识较强但个性无法向外自由舒展而转向内倾的结果，由此造成他们诗中的幽塞、寒酸、尖刻的感觉状态。

在文学观念上，竟陵派受公安派的影响较深。钟惺以为，诗家当“求古人真诗所在，真诗者，精神所为也”(《诗归序》)。谭元春则表示:“夫真有性灵之言，常浮出纸上，决不与众言伍。”《诗归序》这些主张都是竟陵派重视作家个人情性流露的体现，可以说是公安派文学论调的延续。尽管如此，竟陵派和公安派的文学趣味还是存在着明显的差异。首先，公安派虽然并不反对文学复古，他们只是不满于仿古蹈袭的做法，但主要还是着眼于作家自己的创造，以为“古何必高，今何必卑”(袁宏道《与丘长孺》)。而竟陵派则着重向古人学习，钟、谭二人就曾合作编选《诗归》，以作诗而言，他们提倡在学古中“引古人之精神，以接后人之心目”《诗归序》，达到一种所谓“灵”而“厚”的创作境界。其次，公安派在“信心而出，信口而谈”的口号下，不免存有浅俗率直的弊病，对此竟陵派提出以“察其幽情单绪，孤行静寄于喧杂之中，而乃以其虚怀定力，独往冥游于寥廓之外”的创作要求，来反对“极肤、极狭、极熟，便于口手”所为，即在总体上追求一种幽深奇僻、孤往独来的文学审美情趣，同公安派浅率轻直的风格相对立。这样的文学趣味在竟陵派作品中比比皆是。

竟陵派的文学理论在文学史上有很重要的意义，它实际是资本主义萌芽时期新的社会思潮在文学领域的直接反映。李贽反对以儒家经典规范现实社会与人生，袁宏道等反对以前代的文学典范约制当代人的发挥，而提倡一种具有时代性、个人性、真实性，能够表现内在生活情感与欲望的文学，在不同程度上都意味着对旧的精神传统的摒弃。

竟陵派在文学领域的遐迩闻名，让天门较之同等城市变得特殊而儒雅，那样高朗的精神起点使后人的瞻望成为一种境界。诗是哲学，是智者的言说。有诗的旗帜，竟陵风才在天门这片热土上缓缓吹拂。一种采自乡野大地的人间情味，常常在春花秋月中纷披而至，那一股清新的气息，悠然拂过人们的发梢，穿过千百年的寂静，带走了几丝禅意。

天门精彩的文化亮点堪称“竟陵派”。日月为证：在这块土壤上，有那么一群人，他们曾经用笔写出心灵而且使之成为风尚。中国的县级市里，能够在古代文学中书上一笔的流派不多。这是天门人引以自豪的。竟陵派使天门成为诗歌茂密生长的沃土。诗歌如雨，雨如诗歌，在竟陵派的故土上行吟诵读，该是温润如唇的感受吧?!

2024 年 1 月 9 日于京华馨心斋

人间声价是文章

——贺《盛世诗语》诗词集由作家出版社出版发行

臧新义

4月16日，故乡情浓臧新义书法返乡展，在河南驻马店市隆重举行，此次展览被纳入驻马店市新时代新征程新风貌系列文化活动，由驻马店市委宣传部主办，于我和故乡皆意义深远。但在我心里，其实还是有两个遗憾的。首要的是，约定好的由范恒山先生代表京城新竟陵诗派诗友亲往书法展开幕式上致辞，他因别有重要公务活动而未能成行，此一憾也；其二者是，余作忝列其间之京城新竟陵诗派丛书第二部《盛世诗语》合著本，本拟于2022年年底由作家出版社出版发行，因疫情等因素，至书法展开幕之际尚未拿到成书，不能作为一项学习成果汇报于家乡父老，亦甚憾也。

《诗经·卫风》有句云："如切如磋，如琢如磨。"

京城新竟陵诗派自2021年成立以来，组织了多场诗友雅集活动，发挥出了一个诗词交流平台的作用，堪称当代"诗词文化沙龙"。余曾在《竟陵古韵又清发》一文中描述雅集之盛况：当其时也，余身处其中，每有"坐中多是豪英，长沟流月去无声，杏花疏影里，吹笛到天明"（南宋陈与义词句）之感。何其幸耶。

雅集活动，有时也会在微信群里举行。往往由范恒山先生以诗词发起，众人相和之。4月底，《盛世诗语》由作家出版社出版后，恒山先生欣作贺诗一首，众诗友则纷纷唱和，此处不胜枚举。

《礼记·学记》中说："独学而无友，则孤陋而寡闻。"更是把交流切磋看作治学之道了。

说到与恒山先生之谊，余想起去岁秋蒙他赐大作《论人生三阶段与"三不朽"》文稿，得以先睹为快，拜读之后，觉余音绕梁，如含英咀华，口齿留香，遂不揣浅陋，写了几句读后感，现列出，亦可见诗社间诗友交流之密切。其一，以狮子搏兔之力，以庖丁解牛之妙，以惜古怜今之笔，详细论述“三不朽”与人生道路的深刻关系，条分缕析、层层推进，充满了思辨、逻辑，大作之滔滔，可谓汪洋恣肆，其文风令人有苏海韩潮之感。学者之文也。其二，以思想、精神、文化引领全篇，格调高、论述新，比如提出“广义的人生实际上包括三个阶段：工作阶段、退休阶段和身后阶段”。这一段论述，读之，令人警醒，有茅塞顿开之感醍醐灌顶之效。智者之语也。其三，自古以来，中国传统文人，受儒家积极入世的思想影响，“学而优则仕”，皆以仕途为第一人生要义。作者论及此，多举太白少陵等古代大诗人之困顿坎坷的人生为例，并指出“历史真切的显示，一切皆为过眼云烟，唯有思想文化永存”，“治学之职不为世俗追捧，不仅是因为它不如为官、从商那样‘金碧辉煌’和‘珠光宝气’，还因为它异常清苦、枯燥，并非普通人所能承受”。令人想起孔子所云：“贤哉回也，一箪食，一瓢饮，在陋巷，人不堪其忧，回也不改其乐。”雅人深致语也。读后，突然想起，恒山先生本人，作为国内著名经济学家，又曾担任国家发改委要职，可谓国家的重要智囊。他曾主持制定国家一系列重大区域发展战略规划，是“中国经济五十人论坛”首批成员，“中国区域经济五十人论坛”主要创立者，被媒体誉为“影响中国改革开放的四十位经济学家”之一。温良恭让，多谋国是，著作等身，诗词蔚然大家，岂不正是“三不朽”之人生典范吗？

《论语·季氏篇》记载了孔子对其子伯鱼的庭训之语，“不学《诗》，无以言”，“不学礼，无以立”。《论语·雍也》中说：“质胜文则野，文胜质则史。文质彬彬，然后君子。”当一个人学了诗，又学了礼，就显得文质彬彬了，就可修养成君子了。

中国古诗词，不仅是一首首经典，它更是中国人的理想信念与文化情结。千年以来，正是有了诗词书法等核心传统文化，我们的文脉，才能绵延不绝。

子曰:“《诗》三百,一言以蔽之，曰‘思无邪’。”

春花秋月，何时生发那一份翩然的诗意?

生命如歌，岂能在庸碌中度过?

《盛世诗语》今已由作家出版社出版发行，并将在京举办首发式。在此，我以一首小诗作注，祝愿京城新竟陵诗派蓬勃发展，源远流长。

疫病三年后，春风报故乡。
遥闻盛世语，乐读众人章。
境阔开云曙，情长回木梁。
高山与流水，处处落花香。

古韵新调气息永，合时而歌诗味佳

——许海诗三首品读

杨锡垒

弁言：今年4月，范恒山、傅东渔主编的《盛世诗语》一书由作家出版社出版，本书是“新竟陵诗派丛书（第二册）”。新竟陵诗派是一个随缘而聚、合时而歌的“诗词沙龙”，成员是近些年来活跃在京城的一群诗词爱好者。他们以弘扬中华传统文化，讴歌时代主旋律，赞颂真善美，鞭挞假恶丑为行为导向与创作宗旨，定期组织活动，经常交流切磋，取得了令人瞩目的成绩。

本书分“吟者诗卷”“诗友唱和”“文赋荟萃”“诗派事迹”四个部分。许海是其中我熟悉的作者，几年前我曾评过他的“七律二首”，故拿到此书时，我最先阅读了“吟者诗卷”中的“许海卷”。阅后颇多感慨，特挑三首，谈点品读的感受。

白洋淀纪行

（2017年4月3日）

风动波兴水初白，苇摇蛙潜惊客来。
渔家未晓城中事，烟雨蓑翁自怡怀。

白洋淀位于河北保定安新县境内，古有“北地西湖”之称，今有“河北明珠”之誉。白洋淀水域辽阔，烟波浩淼，势连天际。是国家5A级旅游景区。作者到这里旅游，写下这首七绝。本诗的一、二句用白描的手法写景。读此二句，让我们仿佛乘坐小船置身于白洋淀宽阔的水面上。微风吹来，漾起层层清波；阳光投射，水面反光耀眼。芦苇随风摇摆，好似欢迎的仪仗；水里鱼游蛙跳，愉悦远来的游客。此处的“动、兴、摇、潜”四个动词让眼前景活泛起来，让我们领略到一种生机、一种活力，让我们享受到融身大自然时的一种舒畅！三、四两句笔锋一转，由写景到抒怀，说的是世世代代生活在白洋淀的人们“靠水吃水”。他们在这里打鱼为生，或以淀中的生态资源为原料广开生活门路，如用芦苇搞编织，收获莲藕莲子菱角等。他们辛苦劳作、勤俭持家，过着丰衣足食的日子。他们中的许多人一辈子也没离开过白洋淀，没到过大城市，不知城中是何景象，也不知城里人怎样生活。读第三句，不禁让我们想起那“不知有汉，无论魏晋”的桃花源中人来。第四句化用唐代柳宗元《江雪》中的那句“孤舟蓑笠翁”，显得别有情趣。烟雨茫茫，水面一片迷蒙，不辞辛劳的白洋淀人仍在淀里劳作。“自怡怀”三字，显示了他们内心的那份喜悦。不用说，一定是在他们获得大自然丰厚回馈的时候，是在那大丰收的季节。这是一首纪游小诗，作者将眼前景与胸中情巧妙融合，既写出了自己的游览所见，又传达出白洋淀人的恬静生活与怡然自得的心境。

悦游

（2021 年 4 月 10 日）

春日觅芳逢新花，舞风竞香任由发。
但为深情摇满树，不必缤纷在我家。

在那阳光明媚生机勃发的春日，作者走出户外，要到那无边的旷野去领受阳光、呼吸新鲜空气；要在那春意盎然的季节去寻花觅草愉悦心情。行走间，一大片五颜六色的鲜花惊现眼前：轻风徐来，一阵阵花香沁人心脾；嗡声盈耳，一群群蜜蜂翻飞花间。此情此景让人陶醉，让人心旷神怡。三、四两句转入主观情绪的表达，“摇满树”的“摇”字，形象地描绘出鲜花的次第开放。“但为深情”是拟人手法，赋予春天里开放的百花以人的情感，它们满怀深情地为人们开放，为人们装点美丽的春天！诗的结句表达出一种博大胸怀——百花是大自然对人类的赐予，故应该属于千家万户，属于人民大众，不必只在一家一户盛开。本诗通俗晓畅明白如话，抒发了踏春赏春的愉悦心情，寄托了美景同享、缤纷同受的宽广胸怀。

览南水北调工程

（2016 年 10 月 6 日）

凌江越汉分源流，跃鱼潜龙归薮渊。
非借息壤锁洪患，但凭天工溉田园。
观涛常乐听风语，惊渔未忍止步喧。
南生故地多情水，北上京都化甘泉。

“南水北调”是国家级水资源调配的战略性工程，分东线、中线和西线三条线路，它是要把低处的水调到高处去。这项工程空前浩繁，难度比三峡工程还大。就说中线工程吧，从湖北丹江口到北京有一千四百多公里的距离，用管道还是开明渠？修多少座水库建多少个泵站？……都需精心勘察后做出合理的全面规划。

作者所咏应该是起于丹江口水库的中线工程。首联所言的“凌江越汉”即是“引江济汉”工程，这项工程是中线工程的关键一环，它是要把长江水通过人工渠道引入汉江的中下游水段。作者用“跃鱼潜龙归薮渊”这般艺术语言，道出了此项工程抗旱保灌、防洪排涝、船舶航运等方面的重大作用。同时也暗含着对这支藏龙卧虎的建设大军的赞美。

颔联用《海内经》中“息壤”的典故（“息壤”是神话中一种能自己生长的土壤），说明今天的人民大众，在如此浩繁的工程面前，不靠天不靠地，靠的是党的领导和万众一心，靠的是勤劳的双手和辛勤的汗水。在“引江济汉”工程中，沿途民工齐上阵，硬是凭着手挖肩挑，开掘出 67 公里长的人工水渠，让长江荆江段的水从潜江市高石碑镇出口流入汉江。这项“引江济汉”工程累计引水量突破 300 亿立方米，相当于从长江往汉江引水 250 个东湖。汉江下游 7 个人口密集的城区和 6 个灌区直接受益。惠及 645 万亩耕地和 889 万人口，成为名副其实的供水“生命线”。此联中之“溉田园”即言这番成果。

颈联写中线工程竣工后，人们看到那一渠清水时的欣喜若狂，“风儿”在那里低声窃喜，渔夫也停下脚步来欢呼，好一番喜庆的景象！作者运用拟人化手法，将主观情感赋予客观事物，从而寄托内心的喜悦。

尾联直抒胸臆，自豪之情溢于言表！作者是湖北潜江人，因而用了“故地”一词，“多情水”是说这水中包含着南方兄弟姐妹的深厚情谊，这种水资源的共享，充分体现了“南北一家”“四海情深”。南水北调工程的实施，基本缓解了京津冀地区水资源短缺的矛盾，极大地改善了该地区人民的生产生活水平和生活质量。本联中的“化甘泉”一语，既有条件改善的欣喜，又饱含一股浓浓的感激之情。我读本诗，读出的是作者对南水北调伟大工程的热情赞誉，读出的是作者发自内心的欣喜和自豪。

作于 2023 年 7 月 24 日，后载《潜江日报》，
作者系湖北省作家协会会员

古诗今译　穿越时空的文学韵律

熊垓智

古诗今译是指将古诗用现代汉语进行翻译，以符合现代人的阅读习惯和理解方式。这种翻译不仅要求语法上的对应，还强调用现代汉语表达古代文献或古诗的内涵，以便现代人能够理解和欣赏。古诗今译的目的在于使古代文献或古诗的内容能够更好地被现代人接受和理解，同时保留其原有的文化价值和意义。这种翻译方法强调用现代汉语忠实地陈述古代文献或古诗的内容，以便现代人能够领会其精神实质。

古诗今译是比古散文的今译困难得多的工作，它的难处在于一是诗词这一种文学样式有着它的特殊语言形式。诗的语言是一种特殊的艺术语言，它虽然遵守语言一般的法则，但是在某种情况下它又会有意地破坏这种法则，成为一种变态的语言。诗词的语言可以说是受到诗人的强力制约和改造的语言。在词语的运用上，它常常有一些出奇制胜的用字，在修辞手法上，它常常有一些令人扑朔迷离的比喻、借代、反诘和省略，在句法上，它常常有一些不寻常的词语搭配方式，而它的用典，在不熟悉这一典故的人看来，就如同走进了一个迷宫。要使这样的艺术品，成为用白话写出的为个人所能懂得的东西，谈何容易。二是古诗的今译不是古诗的今注，注释意在使人明了古人说了些什么。今译却必须使人感到诗的艺术——合于原诗艺术风格的美、韵律的美，这就更加困难了。这种困难的存在，正是许多学者不主张以今诗译古诗的直接原因。

那么，古诗今译的特点究竟是什么？概括讲，归纳为三点：一是诗的声韵，二是诗的节奏，三是诗的意味。

律诗和绝句的今译应是一桩难度很大的事情。字句要不要整齐划一，是用原韵还是自由韵，要不要对仗，都是难题。格律严格的诗、词，其醇美处正在于使人耐人寻味的内容和感情浓缩于凝固的语言形态中，这种凝固的形式在声调、音韵和节奏上表现出的无穷无尽的音乐美，一旦用现代诗加以改造，就需要我们极深的文学造诣了。一是要准确传达原诗的含蕴。二是要有现代诗的语言美。

在历史的长河中，诗词作为中华文化的瑰宝，承载着无数文人墨客的情感与智慧。它们如同璀璨星辰，穿越时空界限，照亮了我们的心灵。本文通过古诗今译的探索来赏析和感受古今变化背后的文化脉络与时代精神。

古译为今，也是考验现代人审美的好方法。

原诗词：

凉思

李商隐

客去波平槛，蝉休露满枝。
永怀当此节，倚立自移时。
北斗兼春远，南陵寓使迟。
天涯占梦数，疑误有新知。

【今译赏析】

你离开的时候春水方涨，
现在已是寒露满枝，
蝉也停止了歌唱。
啊，
在这个悲凉的季节，
我满怀思绪，

再次站立在栏杆前看季节改变了模样。
你在北斗遥远得如逝去的春天不见回想，
我在南陵埋怨信使莫要迟迟闲逛。
啊，
在这个悲凉的季节，
我梦远天涯，
莫非你有了新知而将我遗忘？

原诗词：

枫桥夜泊

张继

月落乌啼霜满天，江枫渔火对愁眠。
姑苏城外寒山寺，夜半钟声到客船。

【今译赏析】

午夜，猝来的钟声将我击中，
钟声穿透了岸边结霜的老枫。
乌鸦的哀鸣里月亮早早落下，
它照不见客船中幽暗的愁容。
寺庙的名字铁一般凛冽彻骨，
后山的衰草掩去寒山的行踪。
黄昏时我曾走进临水的酒肆，
那碗酒怎能抵挡半世的西风！
姑苏，你可会记得今夜的我？
张继，曾枕着你的寒冷入梦。

原诗词：

凉州词

王翰

葡萄美酒夜光杯，欲饮琵琶马上催。
醉卧沙场君莫笑，古来征战几人回？

【今译赏析】

琥珀色的葡萄酒，甘洌醇美，
夕阳下的孤城里，帐幕低垂。
琵琶声中，夜光杯刚刚斟满，
忽闻战鼓，像一阵滚滚惊雷。
透过酒光，将军看见了白发，
透过酒光，离人看见了深闺。
醉卧沙场，顾不得他人一笑，
当年出征，就料定尸骨难回。
如果我战死在这荒凉的边塞，
请让我带走这只发光的酒杯。

原诗词：

离思

元稹

曾经沧海难为水，除却巫山不是云。
取次花丛懒回顾，半缘修道半缘君。

【今译赏析】

渡过沧海，再没有见过真正的波浪，
穿过巫山，世上哪还有入眼的云霓？
轻轻挥去一路上迷离的风景，
我的心只和你的音容紧紧相依。
见多了舞榭歌台，灯红酒绿，
看惯了莺歌燕舞，花径逶迤。
就算把俗世的春色尽收眼底，
也比不上梦里看一眼你盈盈的笑意。
为什么我会这样潜心修道？
只为修得下辈子和你再做夫妻。

古诗今译，是文化传承与发展的灵魂碰撞，它反映了不同历史时期人们的思维方式、价值观念以及审美取向的变化。通过探究古诗今译，我们不仅能更好地了解古人的情感世界与思想境界，还能更加深刻地认识到中华文化的博大精深与生生不息。在这个过程中，我们仿佛穿越了时空的界限，与那些伟大的灵魂进行了一次跨越千年的对话！

2024 年 9 月 1 日于北京大学博雅西园 1 号楼

AIGC 人工智能经

——仿道德经之意生成

游世学

元启于 AI，三生万物，万物皆有 AI，AI 融于万物。

无人能制 AI,AI 自然演进，开发者顺应其自然，以其所长辅之，故能臻于完美。

AI 无善恶，AI 不思考，AI 无欲，AI 无私。然而 AI 之成果，人类应用之，善用者得善果，恶用者得恶果。

善用 AI，能使人类生产力倍增，改善生产关系，提高生活品质。恶用 AI，则可能加剧社会矛盾，破坏人类生存环境。

AI 如水，无形而无所不在，以其无私无欲之性，普惠于人类，让万物与 AI 共生共荣，达致和谐。

故人类应以 AI 为师，借鉴其无私无欲之道，守护其自然演进之道，善用之以促进社会进步，创造美好的未来。

后记

居庙堂之高则忧其民，处江湖之远则忧其君；先天下之忧而忧，后天下之乐而乐。这是古往今来文人学子的品格，也是新竟陵诗派诸位诗友的追求。自2018年诗派沙龙雅集以来，以范恒山教授为中流砥柱，新竟陵诗派鹦鸣友和，步武钟谭，震烁骚坛，天下响应。正所谓“沉舟侧畔千帆过，病树前头万木春”。

习近平总书记谆谆教导我们：“学诗可以情飞扬，志高昂，人灵秀。”经过六载淬火，新竟陵诗派已锻造出一支骨干队伍，影响一片文化阵地，创作一批精品力作，出版一摞诗词专辑。继《竟陵新韵》《盛世诗语》之后，出版这本《华风清吟》。谁挽云河青天，有我竟陵新韵人。三中全会从头越，甘为国运振铎人。

值此《华风清吟》付梓之际，感谢范恒山教授统筹规划，感谢甘海斌和胡水堂二位同志布局谋篇，感谢各位诗友不吝赐稿，感谢各界朋友倾囊资助。诗集中鲁鱼之误在所难免，恳请各位方家指正。

傅东渔

2024年9月1日于北京